Sammlung Luchterhand 779

Über die Autorin:

Rahel Hutmacher, geboren 1944 in Zürich, lebt und arbeitet in Morsbach/Sieg und Zürich.
Bei Luchterhand sind erschienen: Wettergarten, Geschichten, 1980; Dona, Geschichten, 1982; Tochter, 1983; Wildleute, 1986.

Rahel Hutmacher

Tochter

Luchterhand

Sammlung Luchterhand, September 1987

Lektorat: Christiane Gieselmann
Umschlaggestaltung: Andreas Füllenbach
Herstellung: Petra Görg

Gesamtherstellung bei der
Druck- und Verlags-Gesellschaft mbH, Darmstadt
ISBN 3-472-61779-9

Für meine Tochter

Allein

Meine Tochter ist mir weggegangen. Die Hälfte meines Herzens hat sie mir ausgerissen, als ich schlief, und ist damit weggegangen. Meine Stimme hat sie mir aus meinem Mund gestohlen, als ich nach ihr rief. Jetzt kann ich nicht mehr rufen Komm zurück. Ich fleh euch an: Gebt mir meine Tochter wieder.

Wir können dir nicht wiedergeben, was dir nicht gehört. Du bist von jetzt an allein.

Aber sie gehört mir doch. Gebt sie mir zurück. Sucht sie, holt sie, bringt sie mir zurück.

Sie gehört dir nicht. Sie gehörte dir nie.

Aber sie braucht mich doch. Sie muß essen, sie muß trinken, sie muß eingesungen sein. Sie muß gewiegt werden für die noch bleibenden Tage.

Du kannst sie wohl wiegen: wenn sie will. Wenn sie nicht will, mußt du sie gehenlassen: sie gehört dir nicht.

Aber sie ist doch noch klein. Sie ist neugeboren. Noch hat sie Schwalbenknochen. Noch ist sie einäugig und einhändig. Zwölf Häute hat sie noch zuwenig. Bringt mir meine Tochter wieder, ich bitt euch.

Wir können sie nicht wiederbringen. Du bist von jetzt an allein. Von jetzt an bist du ungeschirmt: wie alle andern auch. Von jetzt an wartest du.

Vielleicht kommt sie zurück: wenn du gerade schläfst. Vielleicht ißt sie von deinem Essen: wenn du nicht zusiehst. Sie wird wissen wieviel, du nicht, du nie mehr. Sie wird gehen und kommen wie geschneit; wird dich ansehn oder nicht: du kannst sie nicht locken.

Sie wird dich lieben, wann sie will, weswegen sie will. Sie wird dich hassen und dir nicht sagen warum. Sie wird dir nachts Geschenke bringen: wenn du schläfst und sie nicht mehr erwartest. Sie wird gekränkt sein, wenn du ihr dafür dankst. Wenn du ihr nicht dankst, wird sie gekränkt sein und sieben Jahre nicht mehr kommen.
Womit kann ich sie anbinden.
Du kannst sie nicht anbinden. Immerzu wird sie von dir weggehen und alles liegenlassen, was du vor ihr aufhäufst, das süße Essen, die sieben Gaben, die neuen Schuh.

Wolfskind

Ungeboren

Meine Tochter hat noch keine Zunge: red ich für sie. Meine Tochter hat schon Augen; was sieht sie. Hat sie Ohren, weiß ich nicht.
Scheint der Mond, wendet sie sich. Scheint die Sonne, legt sie sich die Hände vors Gesicht. Sie hat durchsichtige Hände und durchsichtige Lider; in die Sonne geh ich nicht mehr, was weiß ich.
Tags setz ich mich in den Schatten und weiß nichts. Nachts nimmt meine Tochter die Hände vom Gesicht und dreht sich.
Das ist meine Tochter.
Wie heißt sie.
Sie hat noch keinen Namen; heut heißt sie Ungesehn.
Noch heißt sie Ungekränkt.
Wie soll sie morgen heißen.
Morgen heißt sie Fingerlos und Zungenlos. Übermorgen ist ihr Name Wohlgeraten.
Meine Tochter hat noch hundert Häute zu wenig, hundert Namen nicht getragen; noch ist sie unsichtbar und taub. Jeden Tag wächst ihr eine neue Haut, nur noch neunundneunzig sind es morgen. Morgen such ich einen neuen Namen für sie aus, morgen wächst ihr ein Ohr, übermorgen dann ein goldner Fuß.

Einmal im Jahr

Meine Tochter schläft bei den Tieren, so findet sie keiner. Mutter, verrat mich nicht.
Nein, ich verrate sie nicht. Wenn mir meine zornige Mutter nachts ans Fenster schlägt und fragt: Wo ist sie hingegangen, sage ich: Ich weiß es nicht.
Ich verrate nichts, aber meine Mutter weiß es ohnehin. Sie verwandelt meine Tochter in einen Stein, in einen Vogel oder ein wildes Tier, das geht ganz schnell.
Willst du jetzt reden, sagt sie.
Nein.
Einmal im Jahr darf sie in ihrer alten Gestalt gehen, sagen die Raben. An welchem Tag. Irgendein Tag, sagen die Raben; sie kann wählen.
Meine Tochter wählt den ersten Tag im Sommer, einen heißen Tag mit Wind. Sie geht neben mir. Sie darf nicht reden. Ich darf nicht fragen.
Nach diesem Tag ist sie wieder für ein Jahr ein Stein, ein Vogel, ein wildes Tier. Was kann ich tun, frage ich die Raben.
Nun, sagen die Raben und zählen sie auf, die bekannten Möglichkeiten: sieben Jahre schweigen, das goldene Haar stehlen oder ein Herz aus Stein: sieben Jahre nicht weinen und nicht lachen.
Das kann ich nicht.
Oder sagen, wo sie hingegangen ist, sagt meine unversöhnliche Mutter.
Nein.
Ich lerne die Vogelsprache, ich lerne die Steinsprache; einmal im Jahr sehen wir uns, meine Tochter und ich. Die übrigen Tage lerne ich.

Es geschieht jetzt immer öfter, daß ich ein richtiges Wort finde, und ein Stein bewegt sich, einem Vogel wachsen Hände und ein Mund.
Einmal im Jahr kommt meine Tochter. Es ist Sommer mit Hitze und Wind; wir gehen in der Sonne und legen uns im Schatten hin.

Hunger

Meine Tochter ist hungrig: sie schreit, sie schreit. Komm, Töchterchen, flieg; ich zeig ihr, wie man Mükken fängt. Sie sitzt und reißt ihren zahnlosen Mund auf: Gib, gib.
Nein, Töchterchen.
Ich zeig ihr, wie man die Flügel ausbreitet, wie man den Mückenschwärmen folgt. Die sind leicht zu finden, Töchterchen, komm.
Meine Tochter ist immerzu hungrig: wie sie schreit. Komm, Töchterchen, schwimm; ich zeig ihr, wie man im Wasser steht, ohne sich zu bewegen; wie man durchs Wasser schießt und die erschrockenen Fischchen schluckt. Meine Tochter steht im stillen Wasser und reißt den Mund auf: seh ich ihre scharfen Zähnchen.
Gib, gib.
Nein, Töchterchen.
Ich zeig ihr, wie man die Flossen ausbreitet, wie man den Fischschwärmen folgt. Es ist nicht schwer, sie zu finden; sie stehn im Schilf und glänzen.
Hungrig ist sie, meine kleine Tochter. Mücken machen mich nicht satt, schreit sie; Fischchen machen mich nicht satt. Gib, gib, schreit sie und reißt den Mund auf.
Die Zähne sind ihr gewachsen: scharf sind die geworden, spitz sind die geworden. Eine große Zunge ist ihr gewachsen, die ist breit und rot. Töchterchen, warum hast du so einen großen Mund: besser, ich frag nicht mehr. Besser, ich zeig ihr jetzt, wie man durch die Wiesen läuft, daß kein Gras sich bewegt. Wie man an den Wasserstellen wartet, ohne sich zu rühren: bis die Hirten kommen mit ihren Herden.

Besser, ich zeig ihr jetzt, wie man springt: mit gestreckten Krallen, mit gesträubten Haaren; welches die Ader ist, die sie durchbeißen muß. Besser, du schreist jetzt nicht mehr, Töchterchen: die Hirten könnten dich hören.

Zähne

Für das, was läuft, kann man Netze machen. Für das, was schwimmt, kann man Schnüre machen. Für das, was fliegt, kann man Pfeile machen.
Meine kleine Tochter geht ihre ersten Schritte: knüpf ich das erste Netz. Meine Tochter lernt schwimmen: flecht ich die erste Schnur. Meine kleine Tochter kann fliegen. Sie schreit die ganze Nacht und läßt mir keine Ruh.
Meiner Tochter wachsen Zähne; sie läßt mir keine Ruh. Sie beißt jetzt meine schönen Netze entzwei und läuft weg. Sie schwimmt; meine Schnur zerbeißt sie mit ihren weißen Zähnchen. Sie schreit die ganze Nacht; ich schlaf nicht mehr.
Meine Tochter kann jetzt laufen: sie läuft mir immerzu weg. Den ganzen Tag such ich sie hinter den Bäumen, unter den Steinen, im hohen Gras. Meine Tochter kann jetzt schwimmen: sie schlüpft mir durch die Finger und springt mir über den Kopf. Sie zerbeißt mir meine Schnüre und ist aus Silber und Gold. Meine Tochter schreit die ganze Nacht, weil ihre Zähne wachsen, und läßt mich nicht schlafen.
Die Füße meiner kleinen Tochter sind schnell und verfangen sich in keinem meiner Netze mehr. Die Haut meiner kleinen Tochter ist glatt: sie lebt im Wasser. Sie breitet die Arme aus und fliegt, öffnet den Mund und schreit; ihre Zähnchen sind weiß wie Eis und scharf wie Eis.
Töchterchen, ich bin müde. Töchterchen, ich möcht schlafen. Aber sie will nicht, daß ich schlafe, daß ich sitze und ausruhe. Sie will, daß ich hinter ihr herlaufe

und sie aus den Fallen der Jäger hole; daß ich hinter ihr herschwimme und sie aus den Reusen der Fischer hole; daß ich ihr nachts die Schmerzen wegblase: ihr Mund tut weh. In ihrem Mund wachsen ihr Zähnchen, jede Nacht eins mehr.

Spielen

Der Rabe ruft nach meiner Tochter, schon eilt sie und sitzt mit ihm auf Ästen und Zweigen. Töchterchen, es ist kalt, du wirst frieren; ich lauf mit warmen Kleidern hinter ihr her. Die brauch ich nicht, sagt sie aber. Sie sitzt auf dem Baum, Rabenflügel wachsen ihr, Rabenfedern: sie friert nicht.
Ein Marder läuft ums Haus und ruft nach ihr. Töchterchen, geh nicht mit dem; aber sie kümmert sich längst nicht mehr um das, was ich sage. Schon rennt er mit ihr weg. Du hast noch nicht gegessen, Töchterchen, du wirst hungern. Ich werd nicht hungern. Sie rennt, sie jagt, sie trinkt frisches Blut. Sie hungert nicht.
Die Hasen warten jeden Morgen auf ihr Erwachen. Töchterchen, hör mir zu. Ich warne meine Tochter vor Fuchs und Wolf. Aber meine Tochter läßt mich reden. Lange Ohren wachsen ihr; sie hört jetzt Fuchs und Wolf. Die können noch so leise gehn, meine Tochter täuschen sie nicht.
Meine Tochter läßt sich nichts mehr sagen. Sie braucht mich nicht mehr: eine Flügellose bin ich geworden, eine Zahnlose, Ohrenlose.
Willst du denn bei ihnen bleiben, willst du denn bei ihnen wohnen. Ja, sagt meine Tochter. Sie verabschiedet sich nicht. Sie geht, ohne sich nach mir umzusehen, sie freut sich und ist eilends.
Abends kommt sie zurück. Abends ist es dunkel, ist sie müde. Nachts legt sie sich in meinen Arm; sie zittert.
Erzähl mir. Ich lege ihren Kopf an meine Schulter. Ich decke sie gut zu. Wovor meine Tochter sich ängstigt,

die Furchtlose; worüber sie weint, die Wilde, die Rasche.
Ich habe Durst, sagt meine Tochter und fürchtet sich im Dunkeln; hol ich ihr Milch.

Hasenfell

Meine Tochter ist heute ein Siebengebirge, meine Tochter ist heute ein Siebengestirn, heut geht sie ohne Schuh. Heut geht sie ohne Haut und Haar, sitzt am Wegrand: ihre Knöchlein brennen, die schönen. Ich geb ihr mein Hasenfell mit.
Am Wegrand erschreckt sie die anderen Kinder: die verlernen das Reden, die wachsen nicht mehr.
Die Eltern kommen zu mir; deine Tochter, sagen sie und beschimpfen mich. Sieh, sagen sie zu mir und zeigen mir ihre verstummten und erstarrten Kinder.
Deine Tochter, sagen sie und sammeln am Wegrand Steine auf. Sie hören mir nicht zu, als ich sage: Ich weiß etwas, damit eure Kinder lachen lernen, weinen lernen und weiterwachsen. Ein Hasenfell müßt ihr ihnen umbinden, den Morgenstern müßt ihr ihnen zeigen, den Abendstern auch, den schönen. Ein Hasenfell müßt ihr ihnen umbinden, ihre Knöchlein müßt ihr ihnen zählen.
Aber sie gehen weg, zerren ihre versteinerten Kinder hinter sich her; suchen nach meiner Tochter, um sie zu bestrafen, und hören mir nicht zu.

Wünschen

Heute will ich nachts spielen, heute will ich tagsüber schlafen; meine Tochter hat viele Wünsche. Ich bin eifrig, ich sage: Ich erfülle deine Wünsche, alle, alle.
Wie sie sich da freut. Sie sagt: Bleib bei mir, bleib bei mir mein ganzes Leben lang.
Es ist gut, ich bleibe. Wie sie sich da freut. Wie sie da Botschaften austrägt, freut euch, freut euch, die ganze Nacht; bis die Briefkästen zerspringen und sie fast nicht mehr heimfindet vor Müdigkeit.
Am andern Morgen laß ich sie zu lange schlafen. Du warst müde, sage ich gekränkt.
Ich fang ihr Schaf ein; während meine Tochter schläft, häute ich ihr Schaf. Zieh ihm sein Fell ab, häng meiner Tochter seine Haut vors Fenster: so blendet dich das Licht nicht, schlaf.
Reiß ihr, während sie schläft, das Bäumchen vor dem Fenster aus, legs ihr vor die Tür. Mein Bäumchen ist zerbrochen und verdorrt, mein Schaf ist tot. Meine Tochter weint, aber das will ich nicht hören.
Du wolltest einen Baum vor der Tür haben, sage ich und mache meiner Tochter Vorwürfe. Du wolltest einen warmen Pelz haben und nicht mehr frieren; wolltest schlafen und nicht geweckt werden, schreie ich gekränkt.
Ich erfülle ihre Wünsche. Ich helf dir doch, sage ich verständnislos, wenn sie in Tränen ausbricht über ihrem Fischschwanz, über ihrer Schuppenhaut.
Du wolltest doch schwimmen und nie wieder friern, sage ich und verteidige mich; du hast geklagt. Du sollst

glücklich sein, du sollst über nichts mehr klagen müssen, über nichts.
Ich will meine Menschenhaut zurückhaben, sagt sie zu mir; ich will wieder schlaflos sein. Aber das versteh ich nicht.
Ich verstehe nichts. Ich mein es gut und höre nicht auf sie. Also muß sie sich ändern: ich ändere mich nicht. Also lernt sie: weiterhin zu trauern, aber nie wieder zu weinen; sich weiterhin zu fürchten, aber nie wieder aufzuschreien; weiterhin zu wünschen, aber mir nie mehr einen Wunsch zu sagen, nie mehr.

Regen und Schnee

Meine Tochter ist heute ein Regen, meine Tochter ist heute ein Schnee. Heut lacht sie nicht und weint nicht.
Meine Tochter bringt mir heut ein Schaf: Das hab ich gestohlen. Da steht es im Schnee und schreit.
Bring es zurück, wo du es geholt hast. Aber meine Tochter kümmert sich nicht; sie muß gehn. Sie muß regnen, sie muß heute schnein.
Töchterchen, dein Schaf friert. Töchterchen, es hat Hunger. Aber meine Tochter ist jetzt kalt und frißt Wolken. Die will mich nicht hören.
Also mach ich dem Schaf eine Bleibe, also geb ich ihm das Essen, das meine Tochter heute stehenläßt.
Meine Tochter hat heut keine Zeit, nicht für dich, nicht für mich, für niemanden. Den ganzen Tag muß sie weiß sein und ein Schnee, eilig sein und ein Regen.
Erst am Abend kommt sie nach Hause. Sie bringt mir Federwolken mit von ihrem Tag, Federwolken, weiße.

Trotzig

Meine Tochter will nicht mehr schlafengehen, nein. Sie will den Mond haben. Den kannst du nicht haben, Töchterchen. Sie schreit Warum warum und reißt mir die Haare vom Kopf.
Nachts bleibt sie wach. Nachts steht sie heimlich auf und springt nach dem Mond. Als der ihr wegrennt, stampft sie ums Haus und schreit Nein nein.
Tagsüber ist sie schweigsam; sie liegt in den Schwemmwiesen und tut nichts. Sie läuft unter den Pappeln und sucht etwas. Was suchst du, Töchterchen; aber sie schreit: Geh weg. Sie erzählt mir nichts mehr.
Meine Tochter glaubt mir nicht mehr. Früher schlief sie ein, wenn ich sagte: Die Sonne geht schlafen, die Sonne kommt wieder, schlaf, Töchterchen, schlaf. Früher erzählte sie und lachte. Jetzt weint sie nicht mehr, lacht nicht mehr. Jetzt schläft sie in den Schwemmwiesen, sitzt tagsüber in den Pappeln und stiehlt mir nachts mein Haar.
Meine Tochter geht abends weg; ihr Bett bleibt unberührt. Frühmorgens kommt sie nach Hause, ist müde und weiß. Wenn ich sage: Wo warst du, was tust du, antwortet sie mir nicht.
Sie geht nachts in den Schwemmwiesen, sitzt nachts in den Pappeln. Da knüpft sie Netze aus meinem Haar; sie wartet auf den Mond. Wenn der kommt, wirft sie das Netz nach ihm; springt sie hoch und will ihn fangen, will ihn haben.
Den Mond kannst du nicht fangen, den Mond kannst du nicht haben; aber sie weiß es besser. Jede Nacht sitzt sie in den Pappeln und schläft nicht; jeden Morgen

trägt sie in ihren Schuhen etwas nach Hause und legt es unter ihr Kissen.
Sieh nicht unter mein Kissen, sagt sie zu mir; sieh nicht in meine Schuh.
Sie stiehlt mir meine Haare; sie will nicht mehr, daß ich sie in Schlaf singe. Nein, ich will keine neuen Schuh. Sie erzählt mir nichts mehr.
Da geht der Viertelmond, da kommt die Sonne, da kommt meine Tochter nach Haus und hinkt in ihren Schuhn.
Töchterchen, ich bin traurig. Ich seh nicht unter dein Kissen, ich seh nicht in deine Schuh. Ich frag dich nichts, ich sing dich nicht mehr ein. Ich laß dich nachts zu deinen Pappeln gehn, aber ich mach mir Sorgen um dich. Töchterchen, was ist mit dir.
Da lacht meine trotzige kleine Tochter; da zeigt sie mir, was sie Nacht für Nacht nach Hause trägt: silberne Mondsichelchen liegen in ihren Schuhn.

Haut I   für U.

Was wünschst du deiner Tochter, du kannst dir wünschen.
Was wünsch ich ihr, nichts.
Das ist nicht wahr, das glaub ich dir nicht.
Ach, ich wünsch ihr, was es nicht gibt: eine beständige Haut, eine feste Haut: müßt sie sich nicht mehr fürchten.
Wär sie beständig, wär sie fest, wenn sie lachen, wenn sie kommen, wenn sie uns die Kinder holen: aus den Betten, aus dem Keller, unterm Dach. Nur eines finden sie nicht.
Es ist das Wolfskind, es ist meine Tochter; sie spricht nicht mehr, seitdem. Sie lacht nicht mehr seitdem, sie weint nicht mehr; sie fürchtet sich.
Was wünsch ich ihr: eine Haut, die wächst ihr über Augen und Ohr, so muß sie euch nicht mehr sehn, so muß sie euch nicht mehr hörn. So fürchtet sie sich auch nicht mehr: läuft ins Feuer und verbrennt, läuft ins Wasser und ertrinkt.
Nein.
Wünsch ich mir meine Tochter mit offenen Augen: fürchte dich. Mit offenen Ohren, mit einer Wolfshaut: hab Angst. Fürchte dich, wenn sie kommen und lachen; schlaf keine Nacht mehr in deinem Bett: nur so bleibst du am Leben und bei mir.

Haut II für U.

Oder eine Wendehaut, Töchterchen, was meinst du. Klopfen sie mir an die Tür, wendest du deine Haut und springst mir als Wolf aus dem Fenster, fliegst mir als Spatz aus dem Fenster, was meinst du.
Wenn sie mir das Haus durchsucht haben und nichts gefunden, wenn sie kopfschüttelnd weggegangen sind, wendest du deine Haut wieder und kommst zurück, Töchterchen. Eine Wendehaut, das wär gut.
Allerdings: zum Schlafen kommst du dann nicht mehr. Die Wendehaut, die hält dich wach. Da eilst du als Wolf, da fliegst du als Vogel; da hast du keine Ruh. Da stehen dir die Füße nicht mehr still, sie zucken und müssen laufen. Da tust du kein Auge mehr zu. Eine Wendehaut also besser nicht.
Besser eine Schlafhaut für dich, Töchterchen. Ziehst du die über dich, schläfst du ein und schläfst; sie kommen und durchsuchen mir das Haus, und du merkst von allem nichts. Schläfst, bis sie kopfschüttelnd weggehen. Dann ruf ich dich, dann zupf ich dich an deinem Haar, wach auf; rüttle dich an deiner Schulter, wach auf, Töchterchen, wach auf. Aber ich kann dich nicht mehr aufwecken. Du bist in deine Schlafhaut eingenäht und schläfst, und ich stehe hilflos vor deinem ruhigen Atem, vor deinen zugeschlossenen Augen, vor deinem zugeschlossenen Mund.
Nein, eine Schlafhaut auch nicht.
Was für eine Haut denn, Töchterchen. Ich möchte, daß du sorglos aufwachen kannst und sorglos einschlafen. Daß du spielen kannst, ohne nach dem Klopfen an der Tür zu horchen; daß du rennst, weil es dir Freude

macht zu rennen, nicht aus Angst. Was geb ich dir für eine Haut, ich hab nur diese drei.
Entscheid ich mich am Ende doch für eine Menschenhaut, da bleibst du ungeschützt. Kannst du wieder schlafen: unruhig; kannst du wieder aufwachen: erschrocken. Bist du kein Wolf mehr und fliehst; sinkst du nicht mehr in Schlaf und fliehst. Bleibst du in deiner Menschenhaut, Töchterchen; wenn sie mir an die Tür klopfen, nehm ich deine Menschenhand in die meine.

Wolf

für U.

Laß sie reden, mein Wolf, sie wissen nichts. Sie sagen, daß ich einen Wolf hüte; Wolfshirtin, schreien sie hinter mir her. Laß sie schreien, sie wissen nichts, mein Wolf.

Deine Tochter läuft auf Pfoten, deine Tochter läuft schnell, sagen sie zu mir. Deine Tochter ist ein Wolf, sagen sie und beobachten mein Gesicht. Sie beschreiben mir, wie du nachts vor ihren erleuchteten Fenstern stehst. Daß sie danach voll Angst ihre Fenster vernagelten, beschreiben sie mir nicht.

Sie sehn mir prüfend ins Gesicht; sie sagen: In unsern Kellern steigt das Grundwasser. Sie sind sicher, ich werd mich jetzt vor dir fürchten. Ich fürcht mich aber nicht vor dir, mein Wolf.

Sie beschreiben mir deine Wolfsaugen. Deine Tochter hat Wolfsaugen, sagen sie. Sie beschreiben mir deine Wolfsfüße. Ich seh mir deine Füße an. Narben hast du an deinen Füßen, Töchterchen. Die schmerzen, wenn das Grundwasser steigt.

Nein, Töchterchen, ich fürcht dich nicht. Ich leg dich in mein Bett, jetzt schlaf. Aber du kannst nicht schlafen, deine Angst ist zu groß. Erzähl mir von den Wölfen, sagst du.

Wölfe werden in einer Höhle geboren.

Wer gräbt die Höhle.

Die Wolfsmutter, die Wolfshirtin.

Erzähl weiter.

Die neugebornen Wölfe sind blind. Daß die Wolfsmutter in die Höhle zurückkehrt, merken sie aber sogleich.

Woran.
Weil die Erde sich bewegt.
Auf was für Füßen kommt die Wolfsmutter.
Auf Wolfsfüßen.
Sie beschreiben mir deine rauhe Wolfsstimme und wie du sie nachts weckst mit deinem Geschrei. Wachst du nicht auf, fragen sie mich und beobachten mein Gesicht.
Ja, ich wache auch auf. Du schreist nachts, mein Wolf, du hast keine Kreide gegessen.
Fürchtest du dich nicht, sagen sie, sagst du.
Töchterchen, weshalb sollt ich mich vor dir fürchten. Ich kenne deine Stimme, ich kenne dein Geschrei und geb dir Milch, mein schöner Wolf.
Sie beobachten mein Gesicht und warten: daß ich erschrecke, wenn sie mich vor deinen scharfen Zähnen warnen; daß ich erschrecke, wenn ich nachts deine Spuren finde in meinem Garten, auf meiner Treppe, vor meiner Tür. Sie zeigen mir das Grundwasser: es ist gestiegen. Also soll ich jetzt zu zweifeln beginnen und die Türe nicht mehr öffnen, wenn du rufst. Ich soll mißtrauisch werden und nicht mehr aufwachen, wenn du mir in meinen Schlaf weinst. Sei unbesorgt, mein schöner Wolf: ich laß mich nicht beirren.
Wolfshirtin, rufen sie mir nach; unbeirrt mach ich dir meine Tür auf: du hast Angst. Ich finde deine Spuren um mein Haus; komm rein.
Sie hütet einen Wolf, sagen sie und schlagen neue Schlösser an ihre Türen. Du sitzt in meiner Küche, ißt aus meinem Teller, trinkst aus meinem Becher und hast Angst.
Wolfshirtin, sagen sie und fürchten sich vor dem Wasser, das in ihren Kellern steigt und fällt. Du trinkst

meine Milch und sprichst zu mir mit einem Menschenmund.
Sieht uns niemand, hört uns niemand, jetzt schlaf; da legst dus mir in Schoß, dein schönes Fell.

Glücklich

Ich will zu ihnen gehen, ich will sie kennenlernen.
Ach Töchterchen, so geh. Du wirst bei ihnen nicht glücklich sein. Aber du willst gehen, was soll ich tun.
Mach dir keine Sorgen, sagt meine Tochter und läuft weg; ich komm wieder; läuft in schönen Sprüngen weg.
Du bist wie wir, sagen sie zu ihr, als sie sie fangen. Also muß sie gehen wie sie; also muß sie sich kleiden wie sie und sprechen wie sie.
Sie kleiden meine Tochter, sie sieht jetzt aus wie sie. Sie geben ihr Essen. Sie betten sie weich.
Sie ißt, was sie ihr geben. So weich zu liegen gefällt ihr. Sie geht wie sie. Sie lernt ihre Wörter. Sie lernt: man darf nicht lachen, man darf nicht weinen, man muß warten und immer zur selben Zeit einschlafen, immer zur selben Zeit aufwachen.
Sie loben meine Tochter. Sie sagen: Du lernst gut, du lernst schnell, du bist wie wir. Gelobt zu werden gefällt ihr.
Sie sind sehr neugierig. Sie fragen jeden Tag: Wie war das. Sie wundern sich. Im Kreis sitzen sie um meine Tochter und sagen: Erzähle.
Warst du glücklich, fragen sie sie. Wie war das, warst du wirklich glücklich, allein mit deiner Mutter im Wald; das fragen sie immer wieder.
Sie wohnt bei ihnen. Sie geht aufrecht wie sie, obwohl ihr Rücken davon schmerzt. Bist du glücklich, fragen sie meine Tochter.
Mein Rücken tut weh, sagt meine Tochter.
Das muß so sein, sagen sie.

Seid ihr denn glücklich, fragt meine Tochter. Sie sagen: Frag doch nicht immer dasselbe. Gewiß sind wir glücklich.
Sie sind nie böse. Sie schlagen meine Tochter nie. Sie kämmen sie. Sie geben ihr immer genug süßes Essen. Alle sagen: Bei uns hast du es gut.
Du hast es gut bei ihnen, Töchterchen. Weißt du, was du tust, von ihnen weggehn und zu mir zurückkehrn; aber schon rennst du übers Wiesenbord. Du läufst wie früher: dein Rücken schmerzt nicht mehr. Du trommelst mit den Händen auf die Erde. Sie rufen dir was nach, aber keiner holt dich ein.

Schützen

für U.

Es regnet, das wird dich erfrischen. Wo du jetzt wohl bist. Du eilst, sie verfolgen dich: meine Mauern waren nicht sicher genug.
Du bist ungeschützt; ich kann dich nicht mehr schützen. Sie sind viele, du bist allein und eilst. Ich mache Regen, das ist vielleicht gut: es regnet ihnen in die Augen, und dich erfrischt es. Das ist gut. Aber man sieht jetzt deine Spur im nassen Boden.
Also laß ich es kalt werden. Der Boden wird hart und friert ein; er nimmt keine Spuren mehr an. Aber jetzt zitterst du, Töchterchen, und klagst laut; deine Verfolger hören es und rennen schneller.
Also laß ich es heiß werden; der Boden trocknet aus und zerspringt. Die Füße deiner Verfolger zögern vor den Mündern, die der Boden aufreißt, während du verzweifelt springst und die andere Seite des Tals erreichst.
Mehr kann ich nicht mehr tun für dich. Ich kann dir die Tür offenhalten und hinter dir schließen: aber nur für kurze Zeit. Ich kann dir zu essen geben, zu trinken. Ich deck dich zu und hüte dich: immer nur für kurze Zeit. Dann schlagen sie wieder ans Fenster, an die Tür, und du erwachst; werfen mir wieder die Schindeln vom Dach, da hast du Angst, springst auf und gehst.
Ich kann dir ein Wetter machen, manchmal hilft das. Ich kann dir mein Wolfsfell mitgeben, manchmal schützt das, aber nicht genug. Was ich machen kann, ist zu wenig.
Wenn du fliehst, wenn du eilst, kann ich dir nicht folgen. Wenn du liegst und schläfst, weine ich, weil ich dich besser schützen möchte und nicht kann.

Windstein

Töchterchen, geh nicht ins Korn, der Wind könnt kommen. Aber sie hört nicht auf mich, geht ins Korn und lacht; kehrt am nächsten Morgen heim mit zerrissenen Händen und Füßen, mit ausgerissenem Haar.
Ich geb ihr einen roten Faden mit: Trag ihn, er soll dich schützen. Ach, sagt sie und läßt ihn liegen. Nachts, wenn sie schläft, bind ich ihr den roten Faden ums Handgelenk: er soll sie schützen. Meine Tochter eilt weg und lacht; reißt sich hinter meinem Rücken den Faden vom Gelenk; den brauch ich nicht.
Auf den Regenbogen darfst du nicht mit dem Finger zeigen, sage ich besorgt. Auf Sonne, Mond und Sterne darfst du nicht mit dem Finger zeigen. Meine Tochter lacht und zeigt mit dem Finger auf die Sonne. Da verbirgt sich die Sonne; die Vögel halten mitten im Flug an, fallen aus der Luft und sind tot.
Töchterchen, was hast du getan.
Ach laß mich in Ruh.
Heimlich leg ich ihr ein Eulenherz in die Tasche. Sie findet es sofort und wirft es in den Brunnen. Töchterchen, das darfst du nicht tun. Wie zornig sie ist. Sie schlägt mich und sagt: Laß mich in Ruh.
Was könnte ich denn tun, um meine Tochter zu schützen. Ich weiß nicht genug, und sie ist zu flink: rennt weg, ich hol sie nie mehr ein. Sie wartet, bis ich einschlafe, rennt weg und stiehlt den Windstein.
Tu ihn hin, wo du ihn hergenommen hast, sage ich erschrocken. Aber meine Tochter sagt: Laß mich in Ruh; schlägt an den Windstein und macht einen

Sturm, der wütet für Tage, zerbricht all meine Bäume und trägt mir das Dach weg.
Was soll ich nur tun. Ich will sie beschützen, aber sie will sich nicht beschützen lassen und sagt nur immer: Laß mich in Ruh, laß mich endlich in Ruh.

Irrwurz

Ich kann meine Tochter nicht mehr schützen. Noch kommt sie nach Hause; längst schon erzählt sie mir nichts mehr. Sie überhört meine Warnungen; sie lacht mich aus und glaubt mir nichts mehr.
Sie geht: um den Baum zu entwurzeln, um die Herde zu stehlen. Sie trennt die Liebenden; sie macht die kleinen Kinder krank. Das darfst du nicht tun, bleib hier; aber sie tut, was sie will, und hört nicht auf mich.
Also leg ich mir die Hand auf den Mund und schweig.
Also läuft sie in den Wald: da wächst der Irrwurz. Ich sag ihr davon nichts: sie würde mir nicht zuhörn; sie würd nur lachen und mir nichts glauben. Ungewarnt, ungeschützt läuft sie durch den Wald und wird unversehens auf den Irrwurz treten. Da wird sie sich verirren im Wald: das erste Mal in ihrem Leben.
Das erste Mal in ihrem Leben ist sie allein. Sie ruft nach mir. Der Irrwurz macht unsichtbar und unhörbar. Niemand hört sie; sie findet nicht mehr heim.

Nußbaum

Was willst du denn

Mutter, der Schnee ist so weiß, ich kann nicht schlafen. Mutter, die Nacht ist so schwarz, ich kann nicht schlafen. Mutter, ich hab kein Haus, ich hab kein Kleid.

Bau ich meiner Tochter ein buntgeflecktes Haus: das soll dir gehören. Schneid ich meiner Tochter ein buntgeflecktes Kleid; grün grün mach ich ihr Schuh.

Ach Mutter, da kann ich nicht wohnen. Dies Kleid kann ich nicht tragen; ich kann nicht gehn in diesen grünen Schuhn.

Leg ich meiner schönen Tochter Farnsamen in den linken Schuh, Rebkerne in den rechten. Nun, Töchterchen, lauf.

Ach Mutter, ich will nicht laufen.

Ja Töchterchen, was willst du denn.

Ach, ich weiß es nicht.

Nußbaum

Meine Tochter schläft nicht mehr. Meine Tochter eilt und klagt.
Töchterchen, geh schlafen. Was eilst du, was weinst du, geh schlafen.
Ich kann nicht schlafen, mein Kissen ist mir zu klein geworden.
Geb ich ihr ein Kissen aus Hanf, ein Kissen aus Stroh; schlaf jetzt.
Aber meine Tochter klagt weiter, weckt mir die Vögel unterm Dach: die schreien schon, obwohl es Nacht ist und noch lange kein Morgen.
Was weinst du denn, was willst du denn.
Meine Decke ist mir zu kurz geworden.
Geb ich ihr eine Rindendecke, eine Grasdecke; deck ich sie mit Blättern zu, jetzt schlaf.
Aber meine Tochter schläft nicht. Sie eilt, sie schreit so laut, daß mir die Vögel aus dem Dach fliegen und nicht mehr heimfinden: es ist Nacht und noch lange kein Tag.
Was ist denn, was schreist du, weckst mir die Vögel auf und schläfst nicht.
Mein Bett ist mir zu kurz geworden, mein Bett ist mir zu schmal geworden. Ich kann nicht mehr schlafen, Mutter, ich kann nicht mehr schlafen.
Du wirst ein Bett bekommen, Töchterchen, es dauert nicht mehr lang. Bald ist es Herbst. Da wird die Nuß fallen, die dir gehört: aus der wächst ein Baum. Der wird groß genug für dich, Töchterchen, breit genug; unter dem Baum wirst du liegen und einem Mann den Schlaf hüten: es dauert nicht mehr lang.

Weben unter Wasser

Webe, Tochter, webe. Du darfst jetzt nicht weinen. Du darfst diesen Weiher nicht mehr verlassen, du darfst diese Stromschnelle nicht mehr verlassen; du bist jetzt kein Kind mehr.
Oder weine: es ändert nichts. Du mußt jetzt im Wasser sitzen und weben. Du kannst nicht mehr weggehen. Du kannst kein Fisch mehr sein: du bist jetzt kein Kind mehr. Du bist jetzt eine, die unter Wasser sitzen muß, die webt und auf einen Mann wartet.
Ja, Tochter, er wird kommen. Er wird Blumen ins Wasser werfen: die sind für dich. Er wird dir farbige Steine ins Wasser werfen. Er wird ein Netz haben: damit wird er dich fangen.
Ach Töchterchen, so wein doch nicht, webe. Weinen nützt dir nichts. Erinnern nützt dir nichts. Vergiß die Zeit, wo du ein Kind warst: du bist jetzt kein Kind mehr. Du kannst jetzt nicht mehr tun, was du willst. Du mußt jetzt unter Wasser wohnen, weben und auf einen Mann warten.
Ja, Töchterchen, jede Frau muß unter Wasser wohnen und warten, bis einer kommt, der sein Netz nach ihr auswirft und sie aus dem Wasser holt. Als du ein Kind warst, ein Fisch, da hast du sie gesehen, die jungen Frauen: sie saßen im Brunnen. Sie saßen in Stromschnellen und Wasserfällen; sie webten. Du erinnerst dich: sie warteten am Grunde von Seen und Flüssen, bis ein Mann kam und sie zur Frau wählte.
Erinnerst du dich: keine weinte. Weswegen weinst du, Töchterchen; weswegen bist du nicht wie sie. Weswegen willst du nicht unter Wasser sitzen und weben,

unter Wasser schlafen und warten, bis ein Mann kommt und dich holt.
Ich hätte dir mehr verbieten sollen, als du ein Kind warst, Töchterchen: dann wärst du jetzt geduldiger. Ich hätte dich an den Füßen festhalten sollen, wenn du wegflogst, dich an den Flossen festhalten sollen, wenn du wegschwammst. Ich hätte dir nicht erlauben sollen, über Nacht wegzubleiben: dann würdest du jetzt sitzen und weben und warten, bis einer dir Blumen ins Wasser wirft.
Ich dachte, es sei gut, wenn ich dich lernen ließ, was du wolltest, wenn ich sagte: Lerne, Töchterchen, lerne. Jetzt sehe ich: es war nicht gut. Meine Mutter hatte recht, die sagte: Dein Kind ist zu wild, es wird keinen Mann finden. Die sagte: Ein Kind darf nicht so viel fragen, ein Kind darf nicht fliegen lernen, darf nicht schlafen, wann es will, und essen, wann es will: es wird keinen Mann finden. Meine Mutter hatte recht.
Ich habe gewollt, daß du lernst: jetzt weißt du zu viel. Jetzt bist du zu ungeduldig, um auf einen Mann zu warten. Jetzt magst du nicht weben und unter Wasser schlafen.
Töchterchen, was soll ich jetzt tun. Ich habe dich gelehrt, daß du nachdenkst und dich entscheidest. Jetzt hast du dich entschieden: du willst hier nicht bleiben. Ich habe dich dazu ermutigt, die Wahrheit zu sagen und zu tun, was du für richtig hältst: jetzt weigerst du dich, hier auf einen Mann zu warten.
Gut, Töchterchen, gut. Dann laß uns hier weggehen. Dann legen wir das Weberschiffchen hin, dann komm. Die Flut geht zurück; laß uns an Land gehn.

Kamm fürs Haar

Meine Tochter steht vor dem Haus. Meine Tochter steht in der Tür, steht im Fenster. Mutter, Mutter, was soll ich tun.
Töchterchen, geh spielen.
Ich will nicht mehr spielen.
Meine Tochter hat jetzt schöne Brüste, hat jetzt schöne Füße. Sie ist jetzt weiß wie Schnee. Sie steht vor dem Haus und will nicht mehr spielen.
Töchterchen, was willst du denn.
Ach, ich weiß es nicht.
Geht weg, geht, sagt meine Tochter zum ratlosen Wiesel, zum ratlosen Fuchs; ich spiele nicht mehr.
Was tust du denn.
Ach, ich weiß es nicht.
Meine Tochter schläft nicht mehr. Nachts steht sie auf, klopft mir ans Fenster, steht mir in der Tür. Töchterchen, geh schlafen.
Meiner Tochter wächst jetzt eine weiße Haut, meiner Tochter wächst das Haar. Brüste wachsen meiner schönen Tochter.
Es wird Winter, es geht ein kalter Wind. Meine Tochter steht mir im Fenster. Es fällt ein Schnee. Das Wiesel und der Fuchs kommen nicht mehr. Mutter, sagt meine schöne Tochter und steht mir überall im Weg; will nicht essen, will nicht trinken, schläft nicht. Mutter, was soll ich denn tun.
Schenk ich meiner schönen Tochter einen Kamm fürs Haar.
Es fällt ein Schnee, es geht ein Wind, es laufen Spuren rund ums Haus.

Töchterchen, jetzt hüte dich, das ist der Wolf, das ist der Bär. Töchterchen, bleib mir jetzt im Haus, hörst du.
Meine schöne Tochter sitzt im Haus und kämmt sich. Meine Tochter sagt: Was für ein Wolf, was für ein Bär; sie lacht und geht aus dem Haus. Sie ruft so laut Da ist kein Wolf: sie hört den Wolf nicht kommen. Da ist kein Bär: geht aus dem Haus und trifft den Bären.
Seh ich aus dem Fenster, seh ich Wolfsspuren, seh ich Bärenspuren: sie laufen mir ums Haus. Seh ich meine Tochter nicht, den Wolf nicht und den Bären nicht. Ruf ich nach meiner Tochter, kommt sie nach Stunden: mit Bändern im Haar, in roten Schuhn.
Wer hat dir das gegeben, Töchterchen.
Das hab ich gefunden im Wald.

Tauwind

Sieh, Töchterchen, wies regnet. Hör, Töchterchen, den Wind: er schlägt uns den Regen in Fenster und Tür. Töchterchen; aber meine Tochter sieht ihn nicht, den Regen, hört ihn nicht, den Wind. Sie antwortet nicht: sie ist weggegangen.
Töchterchen, wo bist du. Der Wind rennt mir ums Haus, holt mir die Ziegel vom Dach, schreit: Sie ist weggegangen.
Leg ich mir die Ziegel wieder aufs Dach, schließ ich Fenster und die Tür. Kommt meine Tochter zurück, hat der Wind mir schon das Korn zerstampft und die Äpfelchen zerschlagen.
Ich will mit dem Rotfuchs gehen, Mutter, laß mich gehn.
Geh nicht mit dem Rotfuchs, das ist kein Mann für dich.
Geht meine Tochter, läßt mich reden; es schneit. Bricht der Schnee meinen Bäumen die Arme ab, zerdrückt mir die Ziegel auf dem Dach und die Schindeln unterm Dach.
Ich back mir neue Ziegel, ich schneid mir neue Schindeln. Kommt meine Tochter zurück: hat sie Fuchsfüße und spitze Zähne. Ich will mit dem Marder gehen, Mutter, laß mich gehn.
Geh nicht mit dem Marder, das ist kein Mann für dich.
Geht meine Tochter, will nicht auf mich hörn; es taut. Der Tauwind schlägt mir den Schnee von den Bäumen, frißt mir die Ziegel vom Dach. Hör, Tochter, diesen Wind; aber meine Tochter ist weggegangen.

Töchterchen, du sollst nicht mit einem Rotfuchs gehen, du sollst nicht mit einem Marder gehen. Du sollst unter meinen Ziegeln bleiben, unter meinen Schindeln schlafen. Brot aus meinem Ofen sollst du essen, Äpfel von meinen Bäumen sollst du essen, Töchterchen; kämm dein schönes Haar.
Kommt meine Tochter zurück: hat sie Marderfüße und Marderzähne. Ich will mit dem Bären gehen, Mutter, laß mich gehn.
Ach, soll sie mit dem Bären gehen. Meinen Bäumen wachsen Blättchen. Soll sie mit dem Bären leben. Solln ihr Bärenfüße wachsen, meiner schönen Tochter, Bärenzähne. Töchterchen, wer will dich hindern, ich nicht mehr. Ich back Ziegel, schneide Schindeln; geh, Töchterchen, geh. Geh mit dem Bären, iß Honig. Leb mit dem Bären, schlaf im Winter: so mußt du nicht frieren. Lauf sommers durch meinen Garten, hol dir Äpfelchen für ihn, bring mir Honig mit.

Mann

Mutter, Mutter, ich hab Angst.
Töchterchen, wovor.
Ich soll heute mit dem Luchs gehen, aber ich will keinen Mann. Morgen soll ich mit dem Wolf gehen, übermorgen mit dem Bären, aber ich will nicht mit ihnen gehen. Mutter, ich will bei dir bleiben. Mutter, ich will keinen Mann.
Töchterchen, du kannst nicht bei mir bleiben. Du bist jetzt kein Kind mehr. Du mußt gehen und einen Tag bei ihnen wohnen, eine Nacht bei ihnen schlafen. Dann kannst du zurückkommen und entscheiden, welchen du zum Mann willst.
Mutter, ich will keinen Mann.
Töchterchen, warum nicht. Sie lieben dich.
Sie lieben mich nicht. Sie legen mir Schlingen. Sie fangen mich mit Netzen. Sie tasten unter meiner Haut nach meinen Knochen: sie zählen sie. Sie ruhn an meiner Brust aus, dann schneiden sie mein Haar ab und verkaufen es. Nein, sie lieben mich nicht.
Töchterchen, sie sind auch freundlich. Sie legen ein Herz vor dir auf den Boden. Sie rufen, sie fragen, sie bringen dir Vieh. Sie halten dich in den Armen und liegen mit dir im Hag.
Nein, Mutter, nein, sie lieben mich nicht. Sie sagen: Rede; aber sie hören mir nicht zu. Sie durchschneiden mir die Stimmbänder, damit man mein Schreien nicht hört. Sie antworten für mich, wenn man mich ruft. Sie lieben mich nicht.
Töchterchen, sie haben ein weiches Fell: sie wärmen dich nachts. Sie bringen dir zu essen und zu trinken.

Sie halten dich, sie küssen dich, sie liegen mit dir im Hag.
Ach Mutter, ja, sie küssen mich: mit einer Taubenzunge im Mund.

Sommermitte

Nein, nein, nein, ich will ihn nicht. Mutter, ich hab Angst vor ihm.
Töchterchen, ich kanns verstehn.
Weshalb hat er denn mich gewählt. Ich bin nicht anders als die andern Frauen hier, sagt meine Tochter.
Stopf dir doch die Ohren zu, sag ich zu meiner ratlosen Tochter und bin selber ratlos.
Meine Tochter kann nicht mehr denken und nichts mehr tun, seit dieser Mann um sie wirbt. Wie siehst du aus, sage ich besorgt und zwinge sie zum Essen. Aber sie sitzt vor meinen Tellern und hat verlernt, wie man ißt.
Schläfst du noch nicht. Aber sie hat verlernt, wie man schläft. Wie könnt ich schlafen, sagt sie.
Es ist Sommer. Ihr Fenster steht offen; sie hört diesen Mann singen. Er ruft aus dem Wasser, er singt aus den Binsen und Booten, er singt ihr das Kissen unterm Kopf weg.
Mutter, Mutter, ich will schlafen.
So schließ doch das Fenster.
Aber das nützt auch nichts. Gegen dieses Singen hilft keine Watte in den Ohren, kein Schlafkraut und kein dickes Ladenholz. Er singt mit dreierlei Stimme aus dem Schilf, aus den Binsen, aus dem Fluß; komm zu mir, ruft er, komm.
Ich kann meine Tochter eben noch an den Haaren packen und ins Haus zurückziehn. Töchterchen, was machst du. Töchterchen, willst du denn gehn.
Nein, sagt meine Tochter und erwacht. Mutter, ich will gar nicht gehn.

Das ist nicht gut.
Ich geb ihr meine Fäden: die soll sie unter ihr Kissen legen. Ich lehr sie einen Spruch: den soll sie aufsagen, wenn sie sein Singen wieder hört.
Gehorsam lernt sie den Spruch, nimmt sie meine Fäden, bedankt sie sich. Meine Tochter ist gehorsam: zum ersten Mal in ihrem Leben. Zum ersten Mal in ihrem Leben bedankt sie sich. Das ist nicht gut.
Kaum bin ich aus ihrem Zimmer, hört sie ihm schon wieder zu: vergißt den Spruch, der taub macht; meine Fäden fallen ihr aus den Fingern.
Ich laß sie nicht mehr aus dem Haus, aber es nützt nichts. Er vergißt sie nicht; immerzu ruft er nach ihr. Er singt aus dem Sand, aus dem Wasser, komm komm.
Unsre Nachbarn verwünschen ihn. Sie sagen, er singt ihnen die Rinde vom Baum, das Kalb aus der Kuh, das Kind aus der Mutter. Du bist schuld, sagen sie zornig zu meiner Tochter; geh endlich zu ihm, so haben wir Ruh.
Du gehst mir nicht aus dem Haus, sag ich zu ihr.
Meine Tochter weiß nicht mehr, was sie machen soll. Sie sieht, wie zornig unsre Nachbarn sind, wie ich ratlos bin. Mutter, was soll ich denn machen.
Heirate endlich, dann hört das auf, sagen die Freundinnen meiner Tochter. Meint ihr, sagt meine Tochter. Ihre Freundinnen sind sicher. Sie wissen genau, was zu tun ist. Also läßt meine Tochter sie machen, was sie für richtig halten.
Ihre Freundinnen kleiden sie ein. Sie legen ihr die Arme um die Schultern, sie geben ihr Blumen in die Hand. Sie führen sie zu einem jungen Mann: Das ist dein Bräutigam. Sie freuen sich; unsre Nachbarn sagen: Endlich wird das aufhörn.

Meine Tochter läßt sich führen, aber sie fürchtet sich. Die ganze Zeit hört sie hinter all den liebevollen und besorgten Stimmen dieses Rufen, dieses süße Singen aus dem Schilf: daß sie nichts mehr denken kann und ihre Hände öffnet. Sie läßt den Brautstrauß fallen; ihre Freundinnen erschrecken.

Am Arm ihres Bräutigams geht sie aus dem Dorf. Die Fische stehen wie ein silbern Fell im Strom; ihre Freundinnen sehen es und wundern sich. Ihr Bräutigam lacht und sagt: Das bringt Glück.

Sie gehen über die Brücke; das Singen ist jetzt ganz nah; es wirbt, es lockt und fleht. Der Bräutigam redet, aber ihn kann meine Tochter gar nicht hörn. Sie hört nur den, der unterm Wasser sitzt und ihr die Knochen zersingt, das Blut in ihrem Herzen anhält. Seine Stimme ist so schön: meine Tochter wehrt sich nicht, als seine Hand aus dem Wasser kommt und sie herausholt aus ihren Freundinnen, wegreißt von ihrem zu Tode erschrockenen Bräutigam und sie hineinzieht in den Strom.

Hassen, lieben

Haß ich ihn, lieb ich ihn, Mutter, ach, ich weiß es nicht.
Töchterchen, entscheide dich. Willst du ihn hassen, dann löse alle Knoten in deinen Kleidern und geh von ihm weg. Willst du ihn lieben, dann bring ich euch Brot, Federn und die Haselnuß.
Mutter, ach, ich weiß es nicht.
Töchterchen, was hält dich bei ihm.
Er ist schön. Er schreit und singt im Wald. Bin ich bei ihm, ist es nie Nacht und niemals kalt. Ich lauf ihm zu und will nicht mehr ohne ihn sein.
Dann willst du bei ihm bleiben.
Nein.
Was treibt dich von ihm weg.
Er ist häßlich, er ist schwarz. Er ißt aus meinem Teller, er trinkt aus meinem Glas, er läßt mir keine Ruh. Er schläft in meinem Bett. Ich muß ihm Vögel fangen: er will ihre Augen essen. Er will mich küssen; er läßt mir keine Ruh.
Dann willst du von ihm weggehn.
Nein.
Töchterchen, was soll ich tun. Morgen will er kommen und für dich zahlen: Salz und Gold. Nehme ich, was er mir gibt, dann mußt du mit ihm gehn. Schließ ich mein Fenster vor ihm zu, meine Türe vor ihm zu, dann geht er und kommt nicht wieder. Töchterchen, willst du ihn hassen, willst du ihn lieben, entscheide dich.
Ja, sagt meine schöne Tochter und weint; ja, ich haß ihn, ja, ich lieb ihn, ja, ja.

Mit ihm gehn

Meine Tochter hat ein schwarzes Kleid an. Dreimal am Tag berührt sie Wasser. Mutter, soll ich bei dir bleiben; Mutter, soll ich mit ihm gehn.
Töchterchen, was hast du gelernt.
Ich kann jetzt die Habichte rufen.
Töchterchen, das ist nicht genug.
Meine Tochter hat ein erdfarbenes Kleid an. Sie wandert im Wind. Sie redet. Sie schüttelt die Bäume, sie schüttelt die Erde. Sie wühlt überall das Wasser auf. Mutter, soll ich bei dir bleiben; Mutter, soll ich mit ihm gehn.
Töchterchen, was hast du gelernt.
Ich kann jetzt überwintern in den Wasseraugen.
Töchterchen, das ist nicht genug.
Meine Tochter hat jetzt ein grünes Kleid an. Sie wächst jetzt in der Wüste und vertrocknet nicht mehr. Sie verbrennt nicht mehr. Sie ist jetzt sommers und winters grün. Mutter, will ich bei dir bleiben; Mutter, will ich mit ihm gehn. Mutter, was soll ich nur tun.
Du hast jetzt genug gelernt, Töchterchen; ich kann dir nicht mehr raten. Du bist jetzt kein Kind mehr. Du hast alles gelernt, was ich weiß; ich kann dich nichts mehr lehren.
Ja, ich will wohl mit ihm gehen, sagt meine Tochter, die Schöne; will nicht länger bei dir bleiben, sagt meine schöne Tochter und weint.
Da geb ich meiner Tochter Steinbrech zu essen, der riecht lieblich und schmeckt bitter. Da bring ich meine Tochter zum Bären.

Meine Tochter will jetzt mit dir gehen, sie hat sich entschieden.
Warum will sie mit mir gehen.
Frag sie selber.

Du bist jetzt kein Kind mehr

Eignes Haus

Meine Tochter ist jetzt kein Kind mehr. Sie kommt heut wohl zum letzten Mal zu euch. Sie kommt und holt sich heut von euch, was ihr bei ihrer Geburt versprochen habt: lachend, weinend.

Sie hat schon viel bekommen heut. Es waren gute Gaben und schwarze; ich mach mir Sorgen. Sie ist jetzt eilig: ist das gut oder nicht; sie stiehlt. Sie wartet nicht mehr, ist das gut, ist das nicht gut; sie spricht nicht mehr und ist verstummt.

Sie gaben und sagten: den ganzen Tag. Sie sagten zu mir: Was redest du für sie, sie soll für sich selber reden. Sie schenkten meiner Tochter einen Span: durchstachen ihr die Ohren. Jetzt kann sie hören, wie das Gras auf der Erde und die Wolle auf den Schafen wächst. War das eine gute Gabe oder nicht; meine Tochter sitzt jetzt mit den Händen auf den Ohren und kanns mir nicht sagen.

Sie schenkten meiner Tochter ein Blatt: legten es ihr auf die Augen. Jetzt kann meine Tochter sehen, wie es Tag wird und Nacht und wieder Tag. War das eine gute Gabe oder keine; meine Tochter legt sich die Hände vors Gesicht und hat mir keine Antwort.

Sie schenkten meiner Tochter eine Wurzelhaut, banden sie ihr um die Hand: jetzt sitzt sie im Hag und spinnt der Spinne ihr Netz. Töchterchen, ist das gut oder nicht; sie muß spinnen und kanns mir nicht sagen.

Geht jetzt, sagten sie zu uns; für heute ists genug. Kehrt heim: jede in ihr eignes Haus, in ihren eignen Wald, an ihren eignen Wasserlauf; geht und kommt nicht wieder, nie mehr.

Ratlos

Warum, warum. Aber meine Tochter antwortet mir nicht mehr.
Als sie noch ein Kind war, schwieg sie manchmal auch für Stunden, für Tage. Aber da sprach sie nachts wieder, am nächsten Morgen wieder, sagte Mutter, fragte, weinte.
Jetzt ist sie kein Kind mehr, jetzt geht sie weg und schweigt, kommt zurück und schweigt; ich wage nicht mehr, sie zu fragen, sie zu rufen, sie am Morgen aufzuwecken.
Wenn ich sie frage, beißt sie mich. Wenn ich sie rufe, schlägt sie mich. Weck ich sie am Morgen auf, öffnet sie ihre Augen und schreit, zerschlägt ihr Bett, zerschlägt die Wand und schreit.
Ich möchte fliehen, aber wohin sollt ich denn gehen. Warum geht denn sie nicht weg, meine schweigende Tochter, meine tobende Tochter, warum bleibt sie denn bei mir, was will sie denn noch.
Warum, warum; aber meine Tochter antwortet mir nicht mehr. Was sie mir wohl sagen will, und ich versteh sie nicht. Will sie, daß ich gehe, und sie bleibt: ungestört, ungefragt. Aber wohin sollt ich gehen. Oder will sie, daß ich bleibe und sie geht. Aber warum kehrt sie denn jeden Abend zurück, schläft bei mir, schreit im Traum und ißt mir meine Kästen leer.
Töchterchen, ich bin jetzt ratlos, ich bin jetzt ängstlich und zornig. Ich bin dir keine gute Mutter mehr, ich weiß nicht mehr was tun. Ich kann dir nicht mehr helfen; ich brauche selber Hilfe. Du möchtest, daß es ist wie früher: ich bin stark und helfe dir, und du bist

schwach und geborgen. Aber es ist nicht mehr wie früher.
Jetzt hört meine Tochter auf zu schrein, jetzt hört sie auf, mir die Haare auszureißen; sie steht still und hört mir zu.
Du hast meine Stärke aufgegessen. Du hast das Schwarze aus meinen Haaren gesogen und das Weiße aus meinen Zähnen. Ich hab nichts mehr, was ich dir geben könnte; meine Geduld ist jetzt aufgebraucht. Ich helf dir nicht mehr, Töchterchen; geh und hilf dir selbst.

Verändern

Zunächst siehst du nur zu, Töchterchen. Du darfst nichts sagen. Du darfst nichts tun. Alle, die dort lernen, sehen erst nur zu. Du wirst viel lernen.
Nein, du darfst dort nichts berühren noch von der Stelle nehmen. Du bist mit einem roten Faden angebunden; du darfst nur zusehn und dir merken, was du siehst.
Was du dort sehen wirst. Dein Boot wirft dir die Netze aus, dein Beil holt dir das Holz. Dein Schaf macht dir Strümpfe, dein Herd kocht dir Essen. Du mußt sie gewähren lassen, darfst nichts tun, darfst nichts sagen noch rufen.
Nein, hungern mußt du dort nie. So oft du Hunger hast und Durst, wird dir der Mund geöffnet: so kannst du essen und trinken. Dann wird er dir von neuem mit einem roten Faden zugenäht.
Doch, schlafen kannst du, wann immer du willst. Du schließt die Augen und schläfst; wenn du genug geschlafen hast, öffnest du die Augen und siehst wieder zu.
Nein, rühren darfst du dich nicht. Du bist mit einem roten Faden angebunden. Aber weshalb solltest du dich rühren wollen: du sollst dort sehen und lernen.
Du willst dort nicht lernen. Du willst dort nicht angebunden sein. Du willst eilen, du willst reden und selber deine Netze werfen, selber dein Schaf scheren, dein Essen kochen. Niemand hindert dich. Niemand befiehlt dir, dorthin zu gehen und zu lernen. Nur: dann lernst du auch den Springkern nie kennen, den Stengel vom Bittersüß.

Weswegen du die kennen solltest. Was stillt den Schmerz, was schläfert ein, was sprengt das Tor: weißt du das, willst du das wissen. Dann mußt du gehn und dich anbinden lassen: anders lernst dus nicht; mußt dir deinen Mund zunähen lassen und dich zu vollkommenem Schweigen verpflichten: anders lernst dus nicht.

Was der Preis ist für das, was man dort lernt. Jede, die dort gelernt hat, hat nicht mehr gelacht und nicht mehr gespielt: das ist der Preis. Hat kein rotes Kleid mehr tragen wollen, hat keinen Mann mehr gesucht und keinen Mann gefunden. Ist allein geblieben, hat nicht mehr gelacht; hat sich ein Gras ums Handgelenk gebunden: so konnte ihre Mutter sie nicht mehr erkennen.

Nein, Töchterchen, ein glückliches Leben führt dann keine mehr, ein leichtes auch nicht. Weswegen dann doch jedes Jahr eine hingeht und schweigend und verändert wiederkommt.

Jede, die dort lernte, hat vierfache Augen heimgetragen.

Iltishaar

Es fällt ein Schnee, es fällt ein Eis. Töchterchen, du darfst jetzt nicht mehr bleiben, du mußt jetzt gehn.
Wohin soll ich denn gehen. Ich will bei dir bleiben. Ich will bei dir wohnen und bleiben und nicht weggehen.
Töchterchen, es ist jetzt Zeit. Den ganzen Frühling bist du hiergeblieben, den ganzen Sommer und Herbst. Jetzt fällt ein Schnee, jetzt mußt du gehn: du bist jetzt kein Kind mehr.
Aber meine Tochter will nicht gehn. Sie hält sich fest an ihrem Tisch, an ihrem Bett, an ihrem Platz im Haus. Sie verlangt ihren Anteil vom Essen.
Ich breche das Haus ab, ich verbrenne das Bett. Sie zieht mit mir ins neue Haus, legt sich ins neue Bett; Mutter, nein, ich geh nicht.
Als meine Tochter schläft, fällt ein Schnee, leg ich ein Iltishaar auf ihren Mund. Als meine Tochter schläft, fällt ein Eis, leg ich ein Iltishaar um ihren vierten Finger: da geht eine Ader zu ihrem Herzen.
Als meine Tochter aufwacht, spricht sie nicht mehr, ist sie kein Kind mehr, legt sie sich die Hand auf den Mund und schweigt.
Es fällt ein Schnee, es fällt ein Eis, es geht ein kalter Wind. Meine Tochter trägt ein Iltiskleid, meine Tochter hat jetzt einen Iltismund und schweigt. Mit Iltisfüßen geht sie durch den Schnee und sieht sich nicht um.
Meine Tochter ist gegangen; es fällt ein Schnee, das nimmt kein Ende. Er deckt die Iltisspuren, die mir ums Haus laufen, er deckt sie zu.

Im Frühling wird mir meine Tochter wiedergebracht. Im Frühling ist der Schnee zergangen, ist das Eis zergangen, tragen mir die Iltisse meine Tochter wieder ins Haus. Ich nehme ihr das Haar vom vierten Finger: sie muß von neuem lernen zu gehen, zu stehen, sich zu kämmen und ein Kleid zu tragen. Ich nehme ihr das Iltishaar vom Mund: so kann sie wieder essen und trinken. So kann sie wieder reden, wenn ich sage: Erzähle, Töchterchen, was hast du gelernt.

Genug

Das Bett ist meiner Tochter zu weich geworden: über Nacht. Aber Töchterchen, seit du lebst, schläfst du in diesem Bett; nie wars dir weich genug. Doch, schreit meine Tochter, zerreißt die Kissen mit Zähnen und Klauen, schlitzt die Decken auf, schlägt ins Federgestöber.
Zu weich, seit wann denn, Töchterchen.
Immer schon.
Meine Tochter ißt nicht mehr, was ich ihr koche. Warum, Töchterchen. Zu süß, schreit meine Tochter und wirft mir ihren Brei ins Gesicht.
Aber Töchterchen, nie war er dir süß genug, weiß genug; Töchterchen, das kann nicht sein. Aber meine Tochter schreit: Zu süß, zu süß.
Seit wann denn, Töchterchen.
Immer schon.
Sie tobt aus meiner Küche und ißt nichts mehr.
Wenn ich meine Tochter berühre, schreit sie auf, als wollt ich sie brennen. Aber Töchterchen, ich tu dir doch nichts. Sie läßt sich nicht mehr kämmen von mir, trösten von mir; geh weg, schreit sie und schlägt nach mir.
Töchterchen, was ist mit dir. Immer hast du mir im Arm gelegen, im Schoß gesessen, hast nach meiner Brust gesucht. Hast dich tragen lassen, trösten lassen, ganze Nächt nur wiegen lassen: hast dus vergessen.
Nein, schreit meine Tochter und stößt meine Hand weg, wenn ich ihr Haar berühren will, ihre goldne Bienenhaut. Geh weg; beißt mich in die Hand, stößt mich aus der Tür und riegelt hinter mir zu.

Warum, Töchterchen, ruf ich durchs Türholz.
Zu nah, schreit meine Tochter auf der andern Seite der Tür.
Seit wann denn, Töchterchen.
Immer schon, schreit meine Tochter und weint.
Töchterchen.
Aber meine weinende Tochter hat ein dickes Türholz zwischen uns gestellt: ich kann sie nicht halten, nicht wiegen, nicht sagen Weine, weine, wein nicht mehr.
Muß ich gehen und mich anklagen: zu weich also, zu süß, zu nah; immer schon.
Das kann nicht sein, das ist nicht wahr. Wer hat denn nächtelang geweint und ist erst eingeschlafen, als ich ihr Flaumfederchen in die Kissen stopfte: nie genug. Wer hat den Brei denn ausgespuckt, bis ich löffelweise Zucker Zucker in den süßen Brei rührte: nie genug. Wer konnt nicht schlafen, ohne eingewiegt zu sein: Bleib noch, geh nicht, geh noch nicht. Griff nach meiner Hand, hing mir Stein am Arm, an der Schulter, Klotz am Bein: laß mich nicht los, halt mich, wieg mich: nie genug.
Töchterchen, komm raus, ich muß mit dir reden. Töchterchen, so geht das nicht: da stimmt doch etwas nicht.
Kommt meine Tochter aus ihrer Tür: mit dem Messer in der Hand, mit spitzgefeilten Zähnen. Setzt keinen Fuß mehr in mein Haus, bleibt vor der Türe stehn: mit gesträubten Haaren. Nur wenn du mich nicht anfaßt, sagt meine Tochter und zieht die Lippen von den spitzen Zähnen.
Also gut, sag ich erschrocken.
Was willst du denn bereden, sagt meine sprungbereite Tochter.

Von wann an ist es denn genug, Töchterchen: das mußt du mir schon sagen. Wann beginnt zu weich, zu süß, zu nah; von wann an willst du auf dem Türholz schlafen, Salz essen und ungewiegt bleiben, ungekämmt und ungetröst.
Von jetzt an.

Anbinden

Bleib, Töchterchen, du Schöne, bleib hier und geh nicht fort. Weswegen solltest du von mir weggehen; was gefällt dir nicht mehr bei mir. Soll ich dir ein Schlaflied singen, damit du einschläfst und bleibst; aber du willst gehen und nicht mehr wiederkommen; mit deinem Geschrei übertönst du mein Eia Eia.
Ich geb dir zu essen, ich geb dir zu trinken, da wirst du satt; setz dich hier zu mir und geh nicht weg. Aber du ißt nicht mehr und trinkst nicht mehr; du stehst auf und wirfst meine Töpfe in Scherben, fegst meine Teller vom Tisch und willst gehn.
Bleib, bleib, meine schöne Tochter, nur für heut abend noch, nur noch heut nacht. Morgen kannst du gehen, nur diese Nacht noch bleib. Sieh doch, schon beginnts zu dunkeln. Ich richte dir ein schönes Bett, ein weiches, ein warmes. Ich fange Vögel, rupf ihnen Federchen, so liegst du weich. Bleib diese Nacht noch, diesen letzten Morgen; aber du verscheuchst die Vögel mit all deinem Geschrei. Du willst gehen und nicht bleiben, und wiederkommen willst du auch nicht mehr.
Dann bleib noch eine Stunde, Töchterchen: nur noch bis der Mond aufgeht, eine Stunde, eine halbe. Setz dich hin, leg dich hin, ruh dich doch noch einmal aus, bevor du aufbrichst und weggehst. Dann gehst du bei Mondlicht, und ich kann dich noch einmal ansehn, du Schöne, damit ich dich nicht vergesse: deinen trotzigen Mund nicht, deine weggewendeten Augen nicht, deine faltenlose weiße Stirne nicht, du Schöne.
Du willst mich verlassen und gehn, also erlaub mir, daß ich ein letztes Mal neben dir sitze und mir alles einprä-

ge, deine schönen Handgelenke, deine schönen Fußknöchel: es dauert nicht lang.
Also setzt du dich nochmals, das ist gut. Deine Hände zucken vor Ungeduld. Sei nicht ungeduldig, bald kannst du weggehen. Also legst du dich nochmals hin, das ist gut, sehr gut ist das. Deine Füße bewegen sich; bald kannst du laufen. Du schließt deine wachsamen Augen; gut, du Schöne, sehr gut.
Ich brauch nur kurze Zeit, Töchterchen; ich bin fertig, bevor der Mond dich abholt. Ich brauch nicht lange, du Eigensinnige, du Schöne; schon habe ich die festen dünnen Fäden gesponnen, mit denen ich deine Handgelenke binde. Schon habe ich die schönen Schnürchen geflochten, die bind ich dir um die Knöchel. Sie sind spinnefein, meine Fäden, sie sind fast unsichtbar; aber die zerreißen nicht, nein. Fest sind die und binden dich: schon kannst du deine Hände und Füße nicht mehr bewegen. Ich binde dich, du Trotzige, du Schöne; und wenn du schreist, Töchterchen, stopf ich dir Federchen in den Mund.

Feindin

Meine Tochter wirft Steine, meine Tochter reißt Gras aus, meine Tochter schreit.
Was hast du; aber sie wirft Steine nach mir und schreit: Geh weg.
Töchterchen, sage ich und will sie berühren, aber sie beißt mich in die Hand, sie reißt mir Haare aus und schreit: Geh weg, geh weg.
Tagelang dauert das nun schon, was soll ich tun. Aber meine Tochter sagt jetzt nichts mehr zu mir. Sie gibt mir keinen Rat. Sie schweigt bei allen meinen Fragen und zündelt unterm Dach.
Wenn ich sie rufe, hat ein Baum geknarrt, hat ein Vogel geschrien, es kümmert sie nicht. Wenn ich sie ansehe, bin ich eine Wolke vor der Sonne: sie wartet ab, sie rührt sich nicht. Wenn ich ins Haus gehe und die Türe schließe, atmet sie wieder, springt auf und wirft mir ein Feuer ins Dach.
Was hab ich dir getan; ich weine. Aber das rührt sie nicht. Ihr Herz ist aus ihr herausgefallen, als sie lief, ihr Herz ist ihr herausgezogen worden, als sie schlief. Sie will jetzt meine Feindin sein und sagt mir nicht warum.
Warum bleibt sie denn, wofür muß sie sich noch rächen. Was habe ich getan, daß sie nicht mehr mit mir spricht. Geh doch, wenn du mich nicht mehr willst, aber das hört sie nicht, obwohl ich es ihr in die Ohren schreie. Was hab ich dir getan; sie weiß es, aber sagt es nicht und zündet mir dafür die Tür an.
Die Steine, die sie spaltet hinterm Haus, sie weiß es. Die Bäum, die sie mir ausrupft rund ums Haus, sie weiß

es, sie weiß es genau; und wen hat sie mir gestern hinterm Haus erwürgt, mein Igelkind, mein Bärenkind ist tot.

Boten

Glaub nur nicht, daß du jetzt genug kannst, Töchterchen. Die schönen Flechten weisen dir den Weg, gewiß, nach Norden, nach Süden: das kannst du doch schon lange, das ist doch nicht schwer. Ziehst du über die Felder und klopfst auf den Boden, wächst dir ein Gras, ein Korn: das ist nicht schwer. Läufst du um die Bäume und schlägst daran, weisen dir die Flechten den Weg. Das konntest du doch schon als Kind: das ist gewiß nicht schwer.

Du meinst, du hast genug gelernt, Töchterchen. Du kennst jetzt alle Kräuter und Gräser und jedes Laub auf dem Baum: das ist doch leicht. In der Nacht schüttelst du dir Nüsse aus den Büschen, vom Baum dir Brot, von den Ästen dir Kleider: das ist nicht schwer. Aber kannst du Silber finden, Kupfer oder Gold: das kannst du nicht, mach mir nichts vor.

Könntest dus, ich müßt dich gehenlassen. Ich müßt dir sagen: Du kannst jetzt genug, ich lasse dich gehn. Aber du hast noch allzuvieles nicht gelernt, Töchterchen: noch lange nicht genug.

Du sagst, du hast Kupfer gefunden: mach mir doch nichts vor. Wenn du es mir zeigen willst, hast du Schneckenhäuser im Sack. Silber hast du gefunden: ich glaubs dir nicht, Töchterchen. Wenn du es mir zeigen willst, ists nichts als Laub. Gold hast du gefunden: Töchterchen, mach mir nichts vor.

In das eine Fenster legt mir meine Tochter Gold, ins andre Silber, rotes Kupfer in die Tür. Töchterchen, ich glaub dir nicht. Töchterchen, was machst du mir vor. Das hast du nicht gefunden: wer hat dir das gegeben.

Töchterchen; aber meine schöne Tochter ist jetzt gekränkt. Sie hat so viel gelernt, und ich wollts nicht glauben. Würd ichs glauben, müßt ich jetzt zusehn, wie sie geht: sich ein eignes Haus zu bauen, einen eignen Wald zu pflanzen, einen eignen Brunnen zu graben. Meine schöne Tochter ist jetzt gekränkt. Sie will nicht mehr mit mir reden. Sie mag mir nichts mehr beweisen: ich glaubs ihr nicht. Sie schickt mir nur noch Boten zu: heute zwei, morgen einen, übermorgen keinen mehr.

Zu nah

für U.

Meine Tochter schickt mir keinen Wurzelfuß, keine graue Taubenfeder mehr. Zerschreit mir die Haustür nicht mehr, weint mir nicht mehr unterm Bett in allen Winterschlaf: läßt nichts mehr von sich hörn.
Hat sie mir wenigstens eine Nachricht hinterlassen, ein Wolfshaar, einen Eizahn: nein, nirgends.
Doch. Sie hat mir wochenlang schon Fische auf die Schwelle gelegt, bevor sie ging. Hat nächtelang geweint, bevor sie ging; hat tagelang gelacht.
Töchterchen, was weinst du nur.
Ach nichts.
Töchterchen, was lachst du so.
Ach nichts, nichts.
Hat mir einen Wurzelfuß aufs Fensterbrett gelegt; erfreut und dankend hab ich ihn genommen und nichts verstanden. Auf der Schwelle, auf dem Fensterbrett, auf allen Simsen mußt ich Zuckerfischchen finden.
Willst du die nicht selber essen.
Ach, die sind für dich.
Danke, Töchterchen. Aber warum willst du sie nicht selber essen.
Nein, die sind für dich.
Aß ich ihre bunten Fischchen auf, hab mich bedankt und mich gefreut: nichts gemerkt, mir nichts dabei gedacht. Fand morgens ihren Holzfisch in der Milch: Töchterchen, was ist jetzt das.
Ach, schrie meine Tochter und schlug alle Türen zu.
Was sollt ich tun. Hätt ich sie weiter gefragt, hätt sie weiter nichts gesagt. Hätt ich sie zwingen sollen. Aber

meine Tochter ließ sich nicht zwingen, von niemandem. Hätt ich ihre Fischchen liegenlassen sollen oder ihr zurückgegeben: Töchterchen, zu viel.
Hätt ich gewußt, daß sie sich loskaufte mit allem, was sie besaß. Hätt ichs gewußt: was hätt ich dann getan.
Sie festgehalten: sicher. Sie nicht gehenlassen: du bist doch noch zu klein, Töchterchen, du darfst mir noch nicht gehn. Du hast noch sieben Häute zu wenig, du hast noch zu wenig gespielt. Du weinst mir noch zuviel im Schlaf; ich habe dich noch immer nicht genug gewiegt.
Hätt sie geschrien Zu viel, Zu nah, hätt ich gesagt: Was willst du gehn, du hast doch alles hier. Zu früh, zu früh, hätt ich gesagt und nie gesagt: So geh.
Hat sie mich mit ihren Regenfedern bezahlt, mit ihrem Eizahn. Hat mich mit Zuckerfischchen trösten wollen. Auf ihren Holzfisch jede Nacht eine Nachricht geschrieben, die ich jeden Morgen nicht las: Töchterchen, was soll jetzt das. Mir mit ihren Nachrichten die Türen zerschrien; ich wollts nicht hören, sie mocht toben oder flüstern.
Sie schickt mir keine Boten mehr: hat lang genug gesagt Zu nah in meine tauben Ohren. Ist gegangen, ohne sich zu verabschieden: hat sich oft genug verabschieden wollen. Ich lachte und hörte nicht zu, umarmte sie und küßte sie und wollts nicht hörn, ihr warnendes Zu nah.

Rabenkind

Meine Tochter ist mir weggelaufen. Sie will mich nicht mehr kennen, will nicht mehr wiederkehren, ich kann reden oder rufen.
Gut, soll sie gehn; einmal muß sie gehn. Aber ich mach mir Sorgen.
Was sorgst du dich.
Daß sie im Schwarzdorn hängenbleibt und sich nicht mehr lösen kann: muß bleiben, und die Sonne frißt sie auf bis zum dürren Federbalg. Sie könnt rufen, aber ich hör sie nicht; sie könnt weinen, aber zu leise. Könnt heimwollen, aber den Weg nicht mehr wissen.
Oder nicht mehr heimwollen. Will sie ungestört im Schwarzdorn sitzen, und ich such nach ihr, ruf nach ihr und verscheuche ihren Raben. Unterbreche ihren neugelernten Flug, und sie stürzt mir vor die Füße, lauter zerbrochene Knöchlein, lauter blutige Federchen. Was soll ich nur tun.
Schick Boten. Die gehn leise und warten. Die rufen nicht. Die warten, bis ihr Rabe sich wieder im Roggen verbirgt, bis deine Tochter sich besinnt, wieder auf den Steinen steht und ihre Flügel abnimmt.
Gut, schick ich Boten aus. Sie haben blaue Mäntel an. Sie schwirren auf, sie schwärmen aus; ihre blauen Mäntel knattern im Wind. Wohl ist mir nicht dabei: sie sind geschwätzig, sie sind heiter; sie lachen, rufen und schrein. Meine Tochter hört sie von weitem und erschrickt. Sie heißt ihren Raben fliehen. Sie verlernt das Träumen. Nie mehr kommt sie wieder.
Die Boten kehren zurück. Wo ist sie hingegangen, habt ihr sie gefunden, redet, redet.

Wir wissen es nicht, sagen die Boten. Sie hat sich Moos unter die Füße gebunden, sagen sie und ordnen ihre Mäntel; wir können nichts dafür.
Was soll ich denn jetzt tun.
Schick die Rufer aus. Die werden deine Tochter lokken: willenlos und betört wird sie ihnen folgen. Ohne zu fragen wird sie ihnen folgen und alle Angst vergessen.
Gut, schicke ich die Rufer aus; mit Glocken, mit Hölzern, mit gewaltigen Stimmen rufen sie nach meiner Tochter. Aber die läßt sich nicht mehr rufen. Sie trauert um ihren gestohlenen Raben: was kann sie da locken. Sie findet einen Rabenflügel im Schwarzdorn: da hat sie keine Füß, den Rufern nachzutanzen. Sie weint und ist nicht zum Hören zu bringen, zum Singen schon gar nicht.
Habt ihr sie gefunden, habt ihr sie mitgebracht. Nein, sagen die Rufer mürrisch, sehen mich nicht an und stellen mir ihre nutzlosen Glocken hinters Haus, ihre abgewetzten Hölzer.
Schick ich niemanden mehr: ich wüßt nicht mehr wen, ich wüßt nicht wohin. Schließe meine Tür jetzt zu: brauchst nicht mehr zu kommen. Koch nur noch für mich und schlaf allein: koch nicht mehr, schlaf nicht mehr. Tagsüber schrei ich trotzig aus allen Fenstern: Ich brauch dich gar nicht mehr. Ich sag den Boten: Ihr seid entlassen; werf den Rufern ihre Glocken nach, ihre Hölzer nach, schrei sie an. Geht, geht, euch kann man nicht brauchen, ihr Schwindler, ihr Lügner, schert euch aus meinem Garten.
Sollte meine Tochter zurückkommen: glaub nur nicht, daß ich dich erwarte. Steht sie vor dem zugeschloßnen Haus, wird nicht begrüßt, ist nicht willkommen: geschieht dir recht. Ich bin weg und bleibe weg. Soll sie

jammern oder rufen: geschieht dir recht. Will sie mich schon nicht mehr kennen, wart ich auch nicht mehr auf sie. Wenn du sagst, du brauchst mich nicht mehr, soll ich da mit Federdecken warten, mit Kuckucksmilch und sicherm Trost.

Morgens werf ich all ihr Spielzeug aus dem Fenster: glaub nur nicht, ich hüt dir das. Fertig gespielt, schrei ich. Setz mich abends, wenn es niemand sieht, unters Fenster: les ihre Püppchen aus dem Dill. Sitz die ganze lange Nacht, fahr mit ihren Schiffen und Wagen, bau ihr Vogeltürm. Wieg ihre Püppchen, ach weint nicht, so weint doch nicht.

Ich schlag die Tür laut zu und verriegle sie; dann geh ich in die Küch und koche, was meine Tochter am liebsten ißt. Ich beschimpf, wer mich besucht, grüß nicht mehr und dank nicht; aber frage immerzu: Habt ihr sie gesehn.

Ich sag: Geschieht ihr recht; allen schreie ich die Ohren voll, geschieht ihr recht; aber füll all ihre Kissen mit dem neuen Rabenflaum.

Bitten

Meine Tochter ist mir weggegangen. Erst will ichs nicht glauben, erst such ich sie noch allerorten: in ihren Gängen, in ihren Nestern und Gruben. Aber da ist sie nicht mehr: nicht mehr im Haus, nicht mehr im Garten, nicht in ihren vieltürigen Höhlen.
Meine Tochter ist mir weggegangen, helft mir suchen, helft. Aber auch wer wollt, könnt mich nicht hören: ein Vogel, den ich nicht kenne, schreit lauter als ich. Schreiend flattert er in meinem Baum und baut Nester.
Hilf du mir suchen. Aber der trägt Hälmchen im Mund und hat keine Zeit.
Helft mir suchen, helft mir doch. Meine Tochter ist mir weggelaufen. Aber es ist, als hätt ich nichts gesagt: mit ihrem Schreien, Schnattern und Gepfeif übertönen sie mein klägliches Helft helft.
Ich halt sie an den Schwanzfedern fest, an den Mähnenhaaren, den spitzen Flossen. Sie schütteln mich ab, sie weichen mir aus und springen über mich. Sie flitzen zwischen meinen Zehen durch, glitschen mir aus den Händen: als gäbs mich nicht.
Es sind lauter neue Nachbarn: wo kommen die auch her. Sie haben dichtes Fell oder keins, Flossen, Federn oder keine. Was wollen die hier. Sie sind groß und winzig klein; sie sind nicht zu zählen. Den ganzen Tag, die ganze Nacht, mit größter Eile graben sie unter meinem Haus, fliegen mir ins Dach, schwimmen mir zu allen Fenstern ein. Was wollen die.
Täglich kommen neue an. Erst sind sie nur im Garten; schon sitzen sie mir unterm Tisch. Mach ich einen

Kasten auf, find ich Nester. Mir im Bett und hinter allen Türn, in allen Töpfen Körben nisten sie.
Was wollt ihr hier, wer seid ihr überhaupt. Wollt ihr denn nicht weiterziehn, bleibt ihr denn von jetzt an hier. Wenn ihr weitergehen wollt: sucht nach meiner Tochter, ich bitt euch. Wenn ihr bleibt, so bitt ich euch: seid ihr meiner Tochter begegnet, habt ihr sie gesehn.
Aber sie kümmern sich nicht. Sie müssen graben, eilen und herbeitragen. Sie übersehen mein zielloses Herumirren.
Mein Garten ist mir unvertraut geworden. Mein Haus ist mir ganz fremd geworden. Sie antworten nicht, nie. Ich mag ihnen im Wege stehn: sie weichen mir aus.
In ihre Nester legen sie Eier. In ihren Gängen quieken ihre Jungen und schrein um Futter: wie sollten sie sich da um mich noch kümmern. Sie müssen ihren unaufhörlich schreienden Kindern Futter in die Schnäbel stopfen, in die weichen Mäulchen. Sie müssen unaufhörlich Essen suchen für ihre schreienden fordernden Kinder. Sie müssen hüten, sie müssen wachen und wärmen.
Sie sind abgehetzt und können sich nicht kümmern: nicht um ihre vielen Feinde, nicht um ihre verzweifelten Nachbarn, schon gar nicht um mich.

Hilft nichts

Meine Tochter ist mir weggegangen. Ach, wo ist sie hingegangen, meine Schöne, niemand kanns mir sagen. Niemand weiß es; vielleicht weiß sies selber nicht.
Wär sie weggegangen mit einem, der sie liebt, ich könnts aushalten. Ich wüßt, sie ist behütet und gewiegt. Sie könnt lachen und würde geküßt. Aber so ist sie nicht weggegangen. Sie hat mich angeschrien und gesagt: Laß mich in Ruh.
Hätt sie Essen von mir mitgenommen. Hätt sie sich den Zahn umbinden lassen. Hätt sie sich gefreut, hätte sie geweint, einerlei, ich könnts aushalten. Aber sie ist zornig weggegangen und hat gesagt: Laß mich endlich in Ruh.
Hätt ich, hätt sie, aber das hilft jetzt auch nichts mehr. Vorwürfe helfen nichts; trotzdem zersinn ich mich. Hätt ich sie nicht festgehalten: damit ich eine hab, die mich wieder sehen lehrt, gehen lehrt, ach, und lachen lehrt, weinen auch. Damit ich eine hab, die kommt, immerzu nur kommt. Sich füttern läßt, sich hüten läßt, trösten und den Zahn umhängen läßt, der sie schützt, wo ichs nicht kann.
Sie hat schon recht, ich ließ sie nicht in Ruh. Hätt ich. Hätt ich sie in Ruh gelassen, aber wie: mit ihren Angstfüßen, mit so viel Häuten zuwenig, mit ihrem Hungermund.
Aber was hilfts. Hilft nichts mehr.
Hätt ich hilft nichts; weis ich die Vorwürf aus der Tür, zieht mirs Unglück ein. Das geht mir seither ein und aus, hilft alles nichts.

Ich habs nicht gerufen; woher hats gewußt, daß meine Tür die rechte ist. Mit heimlicher Kreide wurds mir auf die Tür geschrieben, da hilft alles nichts.
Es übernimmt das Haus, ich mag wollen oder nicht. Es verstopft mir die Ohren, verhängt mir die Fenster. Meine Zeit läuft immer hin, ich weiß nicht wie; was ich tu, ist ungeschickt und will mir nicht glücken.
Ich habs nicht gerufen, aber ich kann lange sagen. Es fliegt und kriecht, es schwimmt und brennt mir ins Haus. Es bleibt, da hilft alles nichts. Es zerbricht mir Töpfe und Geschirr.
Noch wehr ich mich. Sollte meine Tochter wiederkommen, ist sie hungrig, will sie essen, brauch ich Töpfe und Geschirr. Ich mach mir neue Töpfe und geh kochen. Aber abends wirfts mir wieder alles um und sagt: Sie kommt nicht mehr.
Meine Töpf sind mir zerbrochen, meine Kraft ist mitzerbrochen und alles krebsgängig. Da hilft nichts mehr. Ich wasch mich nicht mehr und deck alles Glänzende zu. Ich wein nicht mehr, es hilft ja nichts.
Ich bin leidlos und ohne Freude. Meine Tocher kommt nicht mehr; ich mag weder weinen noch flehn: was hülfs. Mein Herz ist mir vertrocknet. Meine Haare versteinern.

Neumond

Winterhalbjahr

Komm raus, rufen sie mir vor den Fenstern. Komm jetzt raus, du wirst erfriern, rufen sie mir vor der Tür. Sie stehn mir vor dem Bett, das ich nicht mehr verlassen will. Du wirst erfriern.
Was soll ich vor dem Haus, was soll ich vor der Tür. Ich kann so gut hier drin wie vor der Tür erfriern, laßt mich in Ruh.
Komm jetzt raus, sagt die Bärin und holt mich aus dem zugefrornen Bett. Hat meine Tochter mit ihren Kindern gespielt, kann ich ihr traun.
Ich will nur von meiner Tochter reden, aber die Bärin unterbricht mich immerzu. Ich will nur die Wege gehn, die ich mit meiner Tochter ging. Aber die Bärin läßt mich keine Wege gehn: die sind jetzt zugeschneit. Sie jagt mich übers Land, übers brückenlose Wasser: da ging meine Tochter nie. Sie eilt mit mir in die Berge, in denen meine Tochter nie gewohnt hat, nichts gesucht und nichts gefunden hat. Was soll ich da.
Die Bärin zeigt mir, fragt mich, weist mich. Daß ich schweige, kümmert sie nicht, daß ich weine auch nicht. Sie zeigt mir; sie leitet mich. Sie will mich überwintern lehren. Aber ich will nichts lernen. Ich seh nur taubes Gestein und leeres Gebirge.
Sie zeigt mir die Mutter, aus der die Steine wachsen. Aber von der will ich nichts wissen.
Warum.
Ihre Kinder bleiben bei ihr, ihre Kinder verlassen sie nie. Will man ihr die Kinder holen, hält sie sie fest: verbirgt sie unter Eis, deckt sie mit Kies, mit Pech, mit Mergel zu. Was soll ich mit der.

Die Bärin sagt, die Bärin redet; sie hat recht. Aber was sie sagt, ist durchscheinend Eis: was hilfts mir, nichts. Ich such doch etwas, das mir hilft. Ach, aber mag nicht suchen. Ich möcht nur meine Tochter wiederhaben, etwas andres will ich nicht.
Die Bärin läßt sich nicht beirren. Die kannst du nicht wiederhaben, die hat dir nie gehört, sagt sie und stößt mich in den Rücken.
Wir laufen übers Gebirg, wir bleiben übern Winter, es ist mir alles gleich. Das Unglück ist mir angetan, angewunschen, angepfiffen; ich trags mit in den Berg. Übern Berg fliegts mir auch nach; was soll ich laufen oder gehn.
Die Bärin läßt sich nicht beirren. Sie treibt mich. Es ist für nichts und wieder nichts; aber es ist einfacher, unter ihren Tatzenstößen aufzustehn und weiterzulaufen, aufzustehn und weiterzugraben. Mich wehren wär zu große Müh.
Sie treibt mich an; sie warnt und rät. Längst schon schneits; wir sitzen jetzt im Berg. Sie gibt mir Frösch und Fisch zu essen: das habe ich mit meiner Tochter nie gegessen. Sie stärkt mir das Gedächtnis und schärft mir das Gesicht.
Ich will mich nicht mehr erinnern, aber ich muß mich erinnern. Die Bärin fragt und hört mir zu. Ihre Geduld ist tausendfach.
Sie ist sanft und weißbepelzt; der Winter ist jetzt da. Wir überwintern unterm Eis wie die Frösch und Fische.
Als der Frühling uns das Eis bricht, hab ich meine Menschenzunge weggeredet, meine Menschenaugen ausgeweint. Ich hab jetzt einen weißen Pelz und keine Menschenohren mehr. Es ist mir recht.
Es ist jetzt gut, es ist mir recht. Wir können jetzt

zurückgehn: in meine Menschenwohnung, durch eine Menschentür. Bleib bei mir, schöne Schwester, laß dir danken. Im Winter hast du mich getröst; laß dir im Sommer danken. Bleib bei mir; sei meine schöne Tochter zuzeiten, meine schöne Mutter zuzeiten: laß dir danken.

Sie ist freundlich, meine schöne Schwester. Aber ich hab jetzt Bärenohren: ich hör jetzt jedes Nein.

Also bleib nicht: du hast ja recht. Kamen wir zusammen an, gehn wir nicht zusammen weg, du hast schon recht. Du verläßt mich jetzt, und ich wein dir nach. Wein dir nicht zu lange nach: du hast mich gut gelehrt. Trockne meine Tränen, verschließ mein altes Menschenhaus und bau mir bald ein Nest im Wald; meine Tochter wird sich wundern, wenn sie wiederkehrt.

Feder, Schuppe, Fell

Hier sitz ich jetzt seit vielen Jahren, meine schöne Tochter. Ich sitze ruhig, ich sitz still. Jetzt kannst du zurückkommen: in einem schwarzen Fell, in einem weißen Fell, mit spitzen Ohren; ich hab jetzt Zeit, ich bin jetzt geduldig. Ich bin noch nicht geduldig genug: wie lange du für einen Schritt brauchst, einen ganzen Tag.

Löst der Wind mir das Haar, erschrickst du, fliegst auf und kommst für Tage nicht wieder. Steh ich auf, um zu essen, um zu trinken, läufst du weg und zeigst dich für Wochen nicht mehr. Also binde ich mein Haar fest, es wird grau; also esse ich nicht mehr und trink nicht mehr.

Fürchte dich nicht, meine schöne Tochter, sag ich zu dir und vertreib dich damit für ein Jahr. Wovor fürchtest du dich denn, sage ich bereits nicht mehr: ich habs gelernt. Ich habe nichts gelernt: mein Atem ist zu laut und geht zu schnell, meine Hände zucken; schon eilst du wieder weg, schon seh ich dich nicht mehr im hohen Gras.

Eß ich nicht mehr, trink ich nicht mehr, sitz ich und beweg mich nicht mehr; also komm jetzt mit den schwarzen Federn, mit den weißen Federn, mit dem roten Flügel: zeig dich. Aber du fliegst weg; der Schnee deckt mich, die Bäume decken mich mit Laub.

Brauchst du mich noch, Tochter, Schöne. Ich warte, daß du kommst und mir sagst: Nein. Oder soll ich nicht mehr warten. Soll ich dich denn nie mehr sehen, deine silbernen Schuppen, deine goldenen Schuppen, ohne Arme und Bein.

Das Gras bewegt sich, aber nur vom Wind; in der Luft sind Wolken, aber da fliegst du nicht; das Wasser läuft und bringt mir Fischchen, aber dich bringt es mir nie.
Also wart ich nicht mehr auf dich. Also grab ich mir ein Haus in der Erde. Deck ich mir mein Haus mit Laub, esse Erde. Schneid ich mir mein Haar und web daraus ein Fell für mich: es ist grau.
Tagsüber web ich, meine Schöne, und wart nicht mehr auf dich. Nachts schlaf ich nicht: geh in der Erde herum und sammle Moos und Fischchen.
Frühmorgens geh ich vor mein Haus, leg die Fischchen in den Schnee, lese Spuren. Eine deiner Pfoten war verletzt, noch schonst du sie, aber bald läufst du wieder schnell wie der Wind. Ein Flügel wurde dir zerrissen, aber die Federchen wachsen dir wieder; bald fliegst du wieder so hoch, daß dich niemand mehr sieht. Da liegt eine Schuppe aus Silber. Da liegt eine Schuppe aus Gold. Ich stell Milch vor die Tür. Wenn du sie nicht willst, gib sie den Igeln.

Wiederkehr

Wie leise sie spricht. Wach ich auf, ihren Mund nah an meinem Ohr, rufen draußen warnend meine Amseln. Schon kann ich ihr Flüstern nicht mehr hörn.
Was möchte sie sagen. Höre, Mutter, höre: das versteh ich manchmal. Ich höre, sage ich; aber sprich doch lauter, ich bitte dich. Dann verstummt sie.
Draußen meine Finken, wie die schreien: hüte dich, rufen sie. Die warnten mich doch damals auch, als ich mich entschied, gut, ich nehme dich als Tochter zu mir. Sie hatten recht mit ihrem Warngeschrei; meine Tochter ging und nahm mein Herz mit sich.
Jetzt habe ich ein neues Herz, neue Füße und ein Ohr mehr; jetzt soll sie wegbleiben und nicht mehr wiederkommen.
Ich werde ungeduldig. Sie unterbricht meine Arbeit. Meine Vögel sagen: Hüte dich. Einmal vergesse ich zu singen, da fallen meinen Vögeln die Federn aus. Ich schlafe nicht genug.
Abends summen meine Ohren vor Müdigkeit. Nachts weckt mich meine Tochter. Sie murmelt und sagt Höre höre. Was will sie denn.
Meine Vögel warnen mich. Es wär jetzt Zeit; ich sollte ihnen den Fluggesang singen, damit sie endlich wegfliegen können, es ist schon spät im Jahr. Längst schon sitzen sie auf meinem Dach, rufen nach mir, warten auf mich: sie wollen gehn.
Warum sagt sie nicht endlich, was sie will, laut und deutlich. Warum weckt sie mich, ich brauche meinen Schlaf. Ihretwegen vergesse ich mitten im Gesang die Worte, muß den Gesang abbrechen; die Vö-

gel sitzen zeternd auf meinem Dach. Was will sie denn.
Mutter, sagt sie so früh am Morgen, da ist es still, da schlafen alle noch auf meinem Dach. Aber ich bin so müde, und ihre Stimme ist so leise, da fallen mir die Augen wieder zu, die Ohren wieder zu, ich schlafe ein.
Mutter, sagt sie so spät nachts, daß meine Vögel eingeschlafen sind und alles still ist, dunkel und kühl. Ich bin jetzt sehr müde. Den ganzen Tag habe ich Fluggesänge singen müssen für die wartenden Schwärme; ich mag jetzt nicht mehr hörn. Ich lasse mich von ihrem Murmeln einschläfern.
Sie stört mich. Sie hält mich von meiner Arbeit ab. Soll ich denn gehn, soll ich gehn und nicht mehr wiederkehrn, sagt sie eines Morgens früh.
Ich weiß nicht, sage ich.
Seit kurzem liegen Zettel an meinem Singplatz. Sie sind klein und dicht beschrieben. Aber ich bin nicht mehr jung, meine Augen sind nicht mehr gut; ich kann nicht entziffern, was darauf geschrieben steht.
Manchmal finden meine Vögel die Zettel. Sie tragen sie in ihren Schnäbeln weg. Ich verbiete es ihnen nicht. Spät nachts, wenn ich sicher sein kann, daß sie schlafen, geh ich durch ihre Nester, such die weißen Knäuelchen zusammen, glätte das feine Papier. Ich versuche zu lesen, was darauf geschrieben steht. Gestern konnt ich ein Wort lesen, heute wieder keins.

Wettlauf

Da kommt meine Tochter, steht vor meinem Tor und ruft; also öffne ich das Tor und begrüße sie. Sie kommt und holt, was ich angehäuft hab. Sie kommt mit Wagen und mit Booten.
Sie sagt: Hier also hast du dich verborgen. Diesmal hab ich dich lange nicht gefunden. Aber ich hab dich nicht vergessen. Ich hab das Suchen nicht aufgegeben, und jetzt hab ich dich gefunden.
Meine Tochter trägt mir weg, was ich angehäuft habe, es gehört mir nicht mehr. Es gehörte mir nie. Als ich hierherkam und merkte, sie hat meine Spur verloren, wartete ich, daß sie mich findet; kommt und mich an mein Versprechen erinnert: daß mir nichts gehört, daß ich nichts besitze. Aber sie kam nicht.
Ich wohnte hier in Frieden; niemand befahl mir, niemand sagte zu mir: Gib gib. Ich baute mir eine Mauer um dieses Haus, wie ich es bei der Bärin gelernt habe; und ein Tor in der Mauer, das ich abschloß jeden Abend, wie ich es bei der Bärin gelernt habe. Ich stellte Dinge in mein Haus; niemand kam und nahm sie mir weg. Ich begann zu wohnen; setzte Pflänzchen und warf Samen. Mit den Sprüchen, die ich bei der Bärin gelernt habe, wuchsen mir die Bäumchen rasch. Aus den Samen wurde ein Garten, der blühte im Sommer. Niemand störte meinen Schlaf.
Einmal fragte mich jemand, wem gehört dieser schöne Garten, dieses schöne Haus. Mir, sagte ich ohne Zögern.
Jetzt sticht mir meine Tochter die Blumen aus dem Garten, trägt mir die Bäumchen und den Tisch weg;

sitzt auf meinen Stühlen, ißt meine Schränke leer. Du hast dein Versprechen vergessen, sagt sie mit vollem Mund. Aber ich habe es nicht vergessen.
Sie belädt ihre Boote, bis sie tief im Wasser liegen, mit den Dingen, die mir gehört haben all die Jahre; die mir gar nie gehört haben. Jetzt stehn sie auf dem Boot, mein Bett, mein Kasten, mein Tisch, und sehen klein und fremd aus.
Du gehörst mir, sagt meine Tochter und ißt die Vorräte auf, die ich für den Winter in den Keller getragen habe. Alles hier gehört mir, sagt sie und befühlt meine weichen Kleider; du hast es versprochen.
Ich trage ihr die Teppiche aufs Boot. Ich widerspreche nicht, ich wehr mich nicht. Wie sollte ich, wie könnte ich, sie hat recht.
Nachts allerdings, wenn sie in meinen Kissen schläft, gesättigt von meinen Vorräten und eingelullt von meinem nachgiebigen Schweigen. Nachts geh ich weg. Wieder hinterlaß ich alles, wieder nehm ich nichts mit, denn nichts gehört mir: ich habs ihr versprochen. Ich geh weg; sag den Spruch für Schnelligkeit, den ich bei der Bärin gelernt habe, und lauf die ganze Nacht. Wenn meine Tochter morgens erwacht und nach mir ruft, bin ich wiederum nirgends zu finden.
Ich sag den Spruch für den Regen, den ich bei der Bärin gelernt habe; es beginnt zu regnen, das verwischt meine Spur. Ich laufe; wie das letzte Mal, das vorletzte Mal und all die Male zuvor, wo ich ihr hinterließ, was ich zusammengetragen hatte, und heimlich nachts davonlief, fühl ich mich fröhlich und leicht.

Wand an Wand

Geh nicht.
Doch, Töchterchen, ich will jetzt gehn. Eine von uns muß jetzt gehn. Ich geh; ich will im Brunnen wohnen und die Ungebornen hüten.
Aber meine Tochter sagt Nein; am nächsten Morgen erwache ich, meine Füße mit roten Fäden zusammengebunden.
Töchterchen, laß mich gehn.
Meine Tochter bindet mich los und sagt: Dann geh. Aber sie pflanzt mir Ringelblumen in meine Fußspuren: da steh ich vor dem Eisenhag und kann nicht weiter.
Töchterchen, jetzt laß mich gehn.
Du sollst nicht gehn.
Töchterchen, du bist jetzt kein Kind mehr: du brauchst mich nicht mehr. Ich will jetzt im Brunnen wohnen und die Ungebornen hüten. Töchterchen, so laß mich gehn.
Meine Tochter reißt die Ringelblumen aus und sagt: Dann geh. Aber sie legt mir einen Stein auf den Weg; tret ich auf ihn, werd ich fest wie ein Stein.
Töchterchen, laß mich doch los; Töchterchen, laß mich doch gehn. Ich hab jetzt lang genug für dich gesorgt, dein Haar gekämmt, dir Schuh genäht. Jetzt hast du glänzendes Haar und schnelle Füße, und ich bin alt. Töchterchen, laß mich jetzt los.
Du hast mir nicht genug zu essen gegeben, du hast mir nicht genug zu trinken gegeben, du mußt noch bleiben. Du hast mich nicht genug gekämmt, bleib, Mutter, bleib.

Nein, Töchterchen. Du hast genug gegessen und getrunken. Du hast genug gelernt: mehr kann ich dich nicht lehren. Du bist jetzt kein Kind mehr; ich will jetzt gehn.
So geh.
Eß ich fliegende Samen, um fliegen zu lernen; komm ich mit einem Menschenfuß zum Eisenhag, mit einem Vogelfuß.
Steh ich still am Eisenhag, dreh ich mich nach meiner Tochter um; die sagt: Geh doch.
Öffne ich die Eisentür; mit einem Menschenfuß geh ich durch die Tür, mit einem Vogelfuß. Schließ ich sie hinter mir zu, die Eisentür. Leg ich das Ohr an die Tür, hör ich nichts.
Also wohn ich jetzt im Brunnen, also hüt ich jetzt die Ungebornen; das Haar, das mir jetzt wächst, ist grau. Die Ungebornen schlafen all; sie sind winzig.
Tagsüber hüt ich, schweig ich, hab ich einen Menschenfuß. Tagsüber vernagle ich und treibe zurück. Tagsüber schließ ich die Augen nicht: ich hüte. Nachts öffnen die Ungebornen die Augen: sie haben genug geschlafen und genug geschwiegen. Nachts wolln sie nicht gehütet sein; sie reden und schrein. Nachts flieg ich übern Eisenhag und dir ins Haus, Töchterchen: da liegst du und schläfst. Da back ich dir Küchlein, da spinn ich dir Stroh. Da kämm ich dich heimlich, du Schöne, und lebe Wand an Wand mit dir.

Entweder oder

Entweder ich geh. Ich bin ganz leicht. Ich weiche aus: ich flieh. Ich traue mir nichts zu: daß ich meiner Tochter sagen könnte, ich wieg dich nicht mehr, ich will nichts mehr von dir. Meine Tochter könnte mir das Haus anzünden, weil ich sie nicht mehr füttern will, nicht mehr hüten will, ihre schönen Haare nicht mehr kämmen will. Ich trau mir nichts mehr zu; ich flieh.

Entweder ich werde vertrieben: werde den Felsen hinuntergeworfen, nachdem mir meine zornige Tochter allerhand Flügel und Vögel angebunden hat. Ich stürze und schlage mit den Armen, aber das hilft mir nichts; so flieg jetzt, schreit mir meine rachsüchtige Tochter nach.

Entweder ich lauf hier weg: hab meine alten Schuhe im zertretnen Gras gefunden, hab meine Schuhe aufgelesen. Lauf ohne Schuhe weg: mit Federfüßen; es ändert nichts. Lauf meiner Feindin Feindin weg, zähl die Schritte, die ich von Mittag zu Mittag mache, und laß alles zurück. Dann schlachtet meine Tochter mir die Bienen; sie läßt sich nicht störn. Frißt meine Bienen auf, jagt meinen Wolf in Wald und schreit mir mit vollem Mund Wart du nur warte nach.

Oder ich lauf nicht mehr weg. Ich wohne sieben Jahre im Berg und sieben Jahre im Boden. Ich lerne, wie man sagt: Ich will nicht mehr. Ich lerne zu sagen: Nein, ich hüte dich nicht mehr.

Ich finde meine alten Schuhe im zertretnen Gras: laß sie liegen. Die Hebamme schlägt mir ans Fenster und läßt mir ein Wolfskind da. Nein, schrei ich und werf ihr

das Wolfskind nach. Nein, schrei ich; ich will kein Kind mehr.
Die Hebamme sagt: Ein Wolfskind auch nicht.
Also gut, ein Wolfskind noch.
Die Hebamme sagt: Wir werden ja sehn. Sie geht mir pfeifend rund ums Haus, da brennt mir das Haus nie mehr ab, meine Tochter mag mit Zündeln drohen, wie sie will.
Nein, sag ich zu meiner Tochter; nein, ich will nicht mehr.
Darf ich denn noch einmal kommen, sagt meine Tochter; noch ein letztes Mal.
Also gut.

Zwei

Töchterchen, noch einmal sind wir zwei. Zusammen essen wir ein letztes Herz.
Mutter, ich bleibe bei dir nur noch so lange Zeit, wie das Wasser im Korb bleibt. Ich wohne mit dir nur noch so lange Zeit, bis die Winterschläfer sich bewegen. Mutter, ich bleibe nicht mehr lang.
Ach Töchterchen, ich weiß. Du wirst von mir weggehen und abends nicht mehr wiederkommen. Aber noch sind wir zusammen. Zusammen essen wir ein Schwalbenherz. Noch einmal sind wir zwei.
Mutter, jeden Tag wird es jetzt wärmer. Bald werden die Winterschläfer sich bewegen.
Ja, Töchterchen, ich weiß. Dann will ich nicht mehr mit dir reden, dich nicht mehr berühren, dich nicht mehr ins Haus lassen. Aber noch red ich mit dir und kämme dein Haar. Noch essen wir zusammen ein Wieselherz, ein Eulenherz. Noch sind wir zwei.
Nur noch sieben Tropfen sind im Korb. Morgen ist er leer.
Ja, Töchterchen, ich weiß. Morgen werde ich das Fenster öffnen und die Ziegel auf dem Dach lockern. Morgen seh ich nach, ob du alle Milch getrunken hast, alles Hasenbrot gegessen. Morgen geb ich dir zwei schöne Äpfel mit und sage: Du mußt sie selber essen, du darfst sie keinem geben.
Ja, sagt meine Tochter und ißt mit mir das Wolfsherz, das letzte.
Morgen geht meine Tochter das letzte Mal von mir weg. Morgen geht sie in die Wälder zurück, ißt Baumrinden, stürzt sich ins Wasser und ins Feuer. Morgen

will ich nichts mehr für sie tun. Heute sind wir noch zwei, heute essen wir zusammen noch ein letztes Herz. Morgen geht meine Tochter. Dann verbrenn ich mein Haus. Ich vergrabe die Asche im Wald, dort wächst ein Baum. Unter dem Baum find ich jeden Morgen Brot zu essen, Milch zu trinken, jeden Tag. Nur bei Neumond find ich nichts.

Neumond

Früher wünscht ich, das ist wahr. Früher faßte ich am Arm, bleib. Jetzt wart ich auf niemand mehr. Ich winke meiner Tochter nicht mehr nach; meine Kehle ist rauh geworden. Kreide sollt ich essen.
Meine Tochter besucht mich jetzt von Zeit zu Zeit; sie ist müde und schläft. Mich halten die Monde wach. Der eine dreht sein Gesicht zur Seite. Der andere bietet mir Schuhe an, er stellt sie mir vor die Tür.
Der Mond mit dem kleinen Gesicht sagt: Du kannst nochmals von vorn beginnen. Du kannst nochmals eine Tochter haben. Du kannst wählen.
Diesmal laß ich mir Zeit. Diesmal denk ich lange nach. Ich esse Kreide. Ich will mich klug entscheiden.
Hast du dich entschieden.
Noch nicht.
Ich geh vor die Tür, zieh mir die Mondschuhe an. Ich wandere, ich bleibe wach, träum und schreie.
Ja, ich habe mich entschieden, sag ich schließlich; da werden die Monde schon wieder weiß und schmal.
Ich hab mich entschieden. Ich will jetzt allein sein. Ich will keine neue Tochter haben, nie mehr, nie mehr.
Geh nach Hause, sagen die Monde und sehen zu, daß ich aufbreche, daß ich nach Hause finde.
Ich pflücke Geißblatt unterwegs. Mit Geißblatt kehr ich also heim. In meinen Zimmern ist Neumond: so lange war ich also weg.
Ich leg die Blumen in die Schränke. Ich stell die Sichelschuhe vor die Tür.

Was sind das für Schuhe, fragt meine Tochter, als sie mich das nächste Mal besucht.
Mondschuhe.
Woraus sind die.
Die sind aus Silber.

Auswandern

Am Morgen zerschlag ich die eine Seite meines Hauses und reiß die Straße auf. Auf die andre Seite meines Hauses schütt ich Neuschnee. Ich fahr durch meinen Garten mit eisernen Ketten, mit eisernen Kugeln. Jeden Abend zieh ich eiserne Gitter um meinen zerstampften Garten und öffne meine Tür.
Wenn es dunkel wird, laufen mir die Tiere zu. Sie zeigen sich tagsüber nicht. Tagsüber kauern sie unter Tischen und Schränken und schlafen.
Schöne Vögel sind mir zugeflogen; zwitschernd bauen sie sich Nester in meinem Herd und fürchten sich nicht.
Der Schnee steht jetzt so hoch um mein Haus, daß er meine Fenster bedeckt. So sieht niemand, wie ich durchs Haus gehe, die Bilder meiner Tochter gegen die Wände drehe, die Spiegel zuhänge. So hört niemand, wie ich alle Schränke zuschließe, alle Türen hinter mir. Ich halte die Uhren an. Die halbe Nacht verbrenne ich die Briefe meiner Tochter in der Küche. Dann schüttle ich die verschlafenen Vögel aus ihren Nestern; ich öffne den zaudernden Katzen die Haustür und seh sie hinausgehn.
Als ich aus der Haustür gehe, schwirrt der letzte Vogel über meinem Kopf, gehn die Winterschläfer neben mir. Ich schließ die Tür nicht ab: wenn meine Tochter kommt, kann sie eintreten. Sie kann hier bleiben über Nacht, es ist mir recht.
Die Winterschläfer führen mich; sie wissen den Weg. Weiter, weiter, sagen sie. Sie sagen: Sieh dich nicht um.

Bärin

Den ganzen Tag lauf ich jetzt schon, ohne auszuruhen; die ganze Nacht, ohne anzuhalten. Elsternfarbig bin ich jetzt; ich lauf in dreierlei Schuhn.
Ich lauf in größter Eile vor meiner Tochter weg. Noch denkt sie, ich spiel mit ihr. Sie versucht mich aufzuhalten; sie lacht und ruft: Ein Spiel.
Kein Spiel mehr; aber sie will nicht hören. Also geh ich, also eil ich; und sie versucht mich aufzuhalten mit allem, was sie bei mir gelernt hat.
Du hast bei mir viel gelernt, Töchterchen: gut, gut. Aber ich hab seither in der Erde gesessen und gelernt, bei der Bärin gewohnt und gelernt: du weißt nicht mehr alles, was ich weiß, du Schöne.
Lacht sie und hemmt mir die Füße, wie sie es bei mir gelernt hat; da mach ich dreimal frisches Feuer. So komm ich wieder los von ihr, so lauf ich weiter weg von ihr: elsternfarbig, schwarz und weiß.
Da vergeht meiner Tochter das Lachen. Sie schickt mir jetzt die Hasen nach: wie sie es bei mir gelernt hat. Gut gelernt, Töchterchen. Nur, was sie nicht weiß: es genügt, in einer bestimmten Art über einen bestimmten Zweig zu springen, und meine Beine sind Hasenbeine, meine Ohren Hasenohren geworden. Jetzt wolln mich ihre Hasen nicht mehr kennen.
Meiner Tochter ist das Lachen vergangen; ihre Hasen kommen zurück und sagen: Das ist kein Spiel mehr.
Also wünscht sie mich jetzt aus dem Weg und ab dem Weg: wie sie es bei mir gelernt hat.
Gut gelernt, Töchterchen: du hast nichts vergessen. Nur, was sie nicht weiß: ich brauch nur meine Schuhe

auszuklopfen, ich brauch sie nur über meine Achsel zu werfen; da finde ich den Weg auch sogleich wieder und eile weiter: elsternfarbig, mit einem Bärenfuß, mit einem Federfuß.

Ich trage jetzt kein Kleid mehr; mir ist ein Fell gewachsen, ein schwarzweiß Bärenpelz; ich hab jetzt Bärenfüße und einen neuen Mund.

Jetzt eilt mir meine Tochter selber nach, die Kluge, die Schöne. Sie eilt, sie fliegt: sie wendet alles an. Sie weiß nun: ich will von ihr weggehen und nie mehr wiederkommen, nie mehr. So fliegt sie mir jetzt selber nach und ist schwarz und zornig.

Sei schwarz, Töchterchen, sei zornig. Du wußtest nicht genug von mir: wie ich jetzt bin, kennst du mich nicht, kennt mich niemand mehr. Ich bin jetzt schwarz und federweiß. Ich hab jetzt neue Ohren, ich hab jetzt Bärenzähn. Ich schlaf nicht mehr: ich hab jetzt durchsichtige Lider. Wenn man mich fängt, sterb ich. Ich gehör jetzt niemandem mehr, niemandem.

Inhalt

Allein 7

Wolfskind

Ungeboren *10*
Einmal im Jahr *11*
Hunger *13*
Zähne *15*
Spielen *17*
Hasenfell *19*
Wünschen *20*
Regen und Schnee *22*
Trotzig *23*
Haut I *25*
Haut II *26*
Wolf *28*
Glücklich *31*
Schützen *33*
Windstein *34*
Irrwurz *36*

Nußbaum

Was willst du denn *38*
Nußbaum *39*
Weben unter Wasser *40*
Kamm fürs Haar *42*
Tauwind *44*
Mann *46*
Sommermitte *48*

Hassen, lieben *51*
Mit ihm gehn *52*

Du bist jetzt kein Kind mehr

Eignes Haus *56*
Ratlos *57*
Verändern *59*
Iltishaar *61*
Genug *63*
Anbinden *66*
Feindin *68*
Boten *70*
Zu nah *72*
Rabenkind *74*
Bitten *77*
Hilft nichts *79*

Neumond

Winterhalbjahr *82*
Feder, Schuppe, Fell *85*
Wiederkehr *87*
Wettlauf *89*
Wand an Wand *91*
Entweder oder *93*
Zwei *95*
Neumond *97*
Auswandern *99*
Bärin *100*